검찰청 망나니 2

초판 1쇄 2025년 8월 14일

지은이 네시십분 · **발행인** 김정수 · **고문** 이종주
발행처 데카미디어 · **출판등록** 2025년 4월 17일
주소 서울시 영등포구 당산로 214 · E-mail tradejjang0@gmail.com
유통·판매 관리 (주)행운사 · **Tel** (031)901-1137 · **FAX** (031)901-4140
E-mail luckybogo222@naver.com · luckybogo222@daum.net

ISBN 979-11-993499-5-7 (2권)
ISBN 979-11-993499-3-3 04810 (세트)

ⓒ 네시십분, 2025

이 책의 출판권은 저자와의 계약에 의해 (주)KW북스에 있으며 (주)KW북스와의 출간계약으로 데카미디어에서 출간되었습니다.
저작권법에 의하여 보호를 받는 저작물이므로 무단전재와 복제를 금합니다.

차 례

CHAPTER 1 · 7

CHAPTER 2 · 65

CHAPTER 3 · 123

CHAPTER 4 · 181

CHAPTER 5 · 227

CHAPTER 1

 진우는 사무실을 빠져나오자마자, 이 방 저 방을 돌며 비어 있는 방을 찾기 시작했다.
 얼마 지나지 않아 텅 빈 사무실을 찾은 진우는 전화를 꺼내 들고는 익숙한 번호를 눌렀다.
 -여보세요. 뭐야? 하루 만에 전화하냐, 누가 갈구던?
 "아뇨. 선배님, 필요한 정보가 있습니다."
 수화기 너머의 상대는 서필규였는데, 진우는 언제나 그렇듯이 서필규를 먼저 찾았다.
 -정보? 무슨 정보.
 "제보가 하나 들어왔는데, 신빙성……."
 -아니, 현 프로. 잠깐만 기다려 봐.
 서필규는 자리를 옮기는 것인지 수화기 너머에서는 잡음만 들려왔다.

-어, 됐다. 사무실에 최 계장님이 피의자 조사하고 있었어. 제보 얘기는 일단 접어두고, 처음부터 차근차근 설명해 봐.

"이번 특검이 국민과의 소통을 위해 포털사이트에 카페를 만든 건 아시죠?"

 -어, 그래. 기사 봤다. 설마 네가 관리하냐?

"네. 제가 관리하게 되었습니다."

 -어휴, 이 새끼들 고급 인력을 겨우 카페 관리하는데……

"선배님, 저는 괜찮습니다. 어쨌든, 언론에 보도된 의혹이 아닌 제보가 카페로 들어왔습니다."

 진우가 알고 있는 미래는 이 사건에 연루된 검사장이 무혐의 처분을 받게 된다는 것이다.

 그리고 밑에 있는 수사관들만 기소되어 유죄를 선고받아, 세금 낭비 특검이라는 소리를 듣게 되었다.

 또, 지방선거 이후에 시행된 특검이다 보니 정치권은 언제 그랬냐는 듯 무관심으로 일관했고, 국민의 관심도도 떨어지는 특검이었다.

 -잠시만, 다시 정리해 보자. 그러니까, 네가 카페를 관리하는데 거기에 이번에 문제가 된 남성훈 검사장에 대한 제보가 들어왔단 말이지?

"네. 이번 일에 연루된 업자가 아닌 다른 업자인 것 같습니다."

-그런데 나한테 왜 전화를 해. 위에 보고를…… 아차차…….

서필규는 진우를 향해 말하다 진우의 뜻을 이해했다는 듯 말을 주워 담았다.

-어떡하냐? 머리 겁나 아프네. 이거 만약에 네가 보고했다는 소문나면…… 너 조직 내에서 배신자란 소리 들을 수도 있어.

"네. 그러니 선배님께 먼저 연락을 드린 겁니다."

진우도 보고에 대해 생각하지 않은 것은 아니다.

하지만 이전 삶에서는 밝혀지지 않은 정보였고, 제보의 내용이 상세하고 범죄의 조각성이 뚜렷했기 때문에 남성훈 검사장을 잡으려고 혈안이 된 특별검사 김정호는 바로 남 검사장을 치게 될 것이다.

그렇게 된다면 진우의 이름 앞에는 조직의 배신자라는 타이틀이 붙어 다닐 것이다.

물론, 진우가 의도한 것은 아니었지만, 그렇게 될 수밖에 없는 일이었다.

-기다려 봐. 5분만 기다려. 금방 다시 전화할 테니까.

서필규는 마치 진우가 부탁하려는 일이 무엇인지 알겠다는 듯 전화를 끊었고, 턱을 매만지며 생각을 정리하기 시작했다.

'특별검사 김정호는 남성훈 검사장을 잡기 위해서 야당에서 보낸 칼잡이나 다름없다.'

 특별검사로 임명된 김정호는 이 일과 상관없이 미래에 현 야당에 들어가 공천을 받고 국회의원을 하게 되는 사람이었다.

 이미 판사 옷을 벗고 변호사 활동을 하면서도 시민 단체에서 검찰 개혁을 부르짖고 있는 사람이었다.

 아무래도 이 일에 혈안이 되어 달려들게 뻔했다.

 '그럼 이전에는 왜 이 일이 밝혀지지 않은 거지?'

 진우는 자신이 아는 결과와 다른 제보 내용을 떠올리며 생각을 정리했다.

 '보나 마나 내가 하는 일을 이전에도 파견 검사가 맡았겠지. 그리고 그는 덮는 걸 택했을 테고.'

 진우가 그렇게 생각을 정리하고 있을 때 휴대전화에서 진동이 울리기 시작했고, 진우는 재빠르게 전화를 들어 올려 통화 버튼을 눌렀다.

 "네, 선배."

 -이번 특검에 파견 나간 우리 쪽 특검보, 조성택 고검 부장검사인 거 알지?

 특검보는 특별검사를 보좌하는 직책이다.

 수사팀, 공보팀 등등 특검보가 있었는데, 파견 검사들을 관리하고 특별검사의 명령을 받아 수사를 총지휘하는 특검보로 검찰에서 조성택이 파견된 상황이었다.

서필규의 입에서 조성택의 이름이 나오자 진우는 빠르게 생각을 정리하기 시작했다.

'조성택…… 조성택…… 서울 고검장직을 달게 되는 사람.'

진우는 이전 기억에서 조성택의 이름을 끄집어냈다.

'이 일을 덮은 게 조성택인가? 그리고 조직을 수호했다는 성과로 고검장직에 오르는 거고?'

-듣고 있냐?

진우는 생각을 정리해 나가다 수화기 너머에서 서필규의 목소리가 들리자 정신을 차리고 입을 열었다.

"네, 선배."

-진우야, 잘 생각해라. 지금 네가 살 길은 그 정보 들고 조성택 찾아가는 일밖에 없다.

"그렇게 되면 이 제보는 어떻게 됩니까?"

-묻을 거야.

단호한 목소리로 말해오는 서필규의 말에 진우는 크게 한숨을 내쉬었다.

-지금 나랑 전화 끊자마자, 그 제보 건 들고 조성택 찾아가.

"선배……."

-야이, X끼야! 네가 살아야 할 거 아냐? 이제 검사 타이

틀 단지 7개월인데 벌써 옷 벗고 싶냐?

진우는 고민에 빠졌다.

수단과 방법을 가리지 않겠다고 다짐했지만, 빤히 눈앞에 보이는 범죄 사실을 덮는 것은 해선 안 되는 일이었다.

넘지 말아야 할 선이란 게 있었다.

-일단, 조성택한테 들고 가. 그리고 오늘 저녁에 내가 그 앞으로 찾아갈 테니까 나랑 얘기 좀 하자.

"선배, 사건을 묻고 싶지는 않습니다."

-알아! 네 성격! 나도 아니까! 일단 조성택한테 먼저 보고해. 그리고 내가 너를 도울 테니까. 일단 나도 정보를 좀 모을 시간이 필요하다.

진우는 서필규의 말에 두 눈을 질끈 감았다.

-대답해라. 네가 고민하는 것처럼 사건 덮어버리자는 거 아니다. 알았냐?

"네, 알겠습니다. 선배님만 믿겠습니다."

-그래, 선배 좋다는 게 어디냐. 나만 믿어.

확신에 찬 서필규의 목소리에 진우는 고민을 떨치고는 작게 웃음을 지었다.

"고맙습니다. 선배."

-그래, 저녁에 보자.

서필규와 통화를 마치고 진우는 사무실 자리로 돌아가 제보 글을 인쇄한 종이를 들고 다시 사무실을 나서려 했다.

"현 검사, 어디가?"

그때 공보팀의 특검보 이건일이 진우를 불러 세웠고, 진우는 두 눈을 감고 작게 한숨을 내쉬고는 웃는 얼굴로 뒤를 돌아보았다.

"배탈이 나서요. 화장실 좀 다녀오겠습니다."

"어이구, 가지가지 한다. 다녀와."

"네, 다녀오겠습니다."

진우는 자신을 향해 한심하다는 듯 말해오는 이건일을 뒤로하고는 사무실 밖으로 발걸음을 옮겼다.

"이게 어디에 올라왔다고?"

"특검팀 카페에 올라와 있었습니다."

진우는 재빠르게 수사팀을 찾아가 특검보인 조성택과 대화를 나누고 있었다.

조성택은 심각한 표정으로 문서를 바라보다 진우를 바라보았다.

"현진우 검사."

"네."

"이거 나 말고 누구한테 보고했어?"

"아직 저와 제보자, 특검보님을 제외하면 아무도 모릅니다."

"그럼 나한테 바로 가져온 거다, 이 말이지?"

"네."

조성택은 눈을 가늘게 뜨고는 진우를 바라보았다.

"거짓말이면 곤란해져."

"특검보님, 저도 검사입니다. 조직을 보호하기 위해서는 특검보님께 바로 가져와야겠다고 생각했을 뿐입니다."

진우가 그렇게 말하자 조성택은 크게 웃기 시작했다.

"부장이라고 불러, 무슨 특검보야? 임시직인데. 어쨌든 이번에 서울중앙지검에서 초임검사 하나를 딸려 보낸다길래 장난하나 싶었더니, 제대로 된 놈이 들어왔고만! 잘했어."

조성택은 웃음을 지우고는 진우를 바라보았다.

"지금 가서 제보 글 지울 수 있겠지? 이거 터지면 남성훈 검사장도 그렇지만, 우리 검찰 조직은 어떻게 되겠나?"

"제보 글은 지우게 되면 제보자가 가만히 있겠습니까? 아무리 봐도 남성훈 검사장이 뇌물을 수수한 정황이 뚜렷합니다."

"제보자에 대한 건 내가 알아서 할 일이고, 현 검사 네가 할 일은 아무 일 없다는 듯이 카페에 올라온 제보 글만 삭제하면 돼. 할 수 있어, 없어?"

"하지만······."

"어허! 이번 모든 책임은 내가 질 테니 너는 가서 삭제만 하면 돼! 공은 내가 잊지 않겠네. 돌아가서 내가 말한 대로 해."

"네, 알겠습니다."

진우는 조성택을 향해 고개를 숙이고는 사무실 밖으로 나왔다.

수사팀의 사무실에서 나온 진우는 굳은 표정으로 작게 한숨을 내쉬고는 발걸음을 옮겼다.

진우는 퇴근하자마자 서필규와의 약속 장소로 나와 있었다.

"선배님!"

잠시 기다림 후에 약속 장소로 서필규가 들어오는 것을 본 진우는 서필규를 불렀고, 서필규는 심각한 표정으로 진우의 곁으로 다가왔다.

"어떻게 했어? 아우 씨, 온종일 일이 손에 잡히지 않아서 고생했다."

서필규는 자리에 앉자마자 다짜고짜 진우를 향해 물어왔다.

"전화 끊고, 바로 조성택 부장에게 찾아갔습니다."

"조성택이 뭐라든?"

"제보 글을 삭제하라고 하셨습니다. 제보자는 자신이 알아서 하겠다고요."

"삭제했지?"

"네. 삭제는 했습니다만, 여기······."

진우는 재킷 안주머니에서 종이를 한 장 꺼내 서필규에게 건넸다.

"제보 글이 이거야?"

"네."

따로 한 부 인쇄해 둔 제보 글이었는데, 서필규는 심각한 표정으로 읽어 내려갔다.

"확실히 언론에 보도된 거랑은 다른 제보네."

서필규는 제보 글을 다시 진우에게 건네며 말을 이어나갔다.

"너도 알다시피 언론에 보도된 건 이미 공소시효가 지나서 특검에서도 어쩔 수가 없을 거야."

서필규의 말은 사실이었다. 진우가 알고 있는 미래도 그랬으니까.

남성훈 검사장이 받은 향응 접대는 사실이었지만, 이미 공소시효가 지난 바람에 처벌할 수 없었다.

결국, 남성훈 검사장 밑에 있는 수사관 몇 명만 기소하며 아무 소득 없이 끝나는 게 이 특검팀의 미래였다.

"근데 이 제보는 공소시효도 지나지 않았고, 제보 내용을 보면 꽤 구체적이야. 구속도 문제없고, 기소하면 재판에서도 유죄가 나올 가능성이 크다는 거지."

서필규는 골치가 아픈 듯 관자놀이를 주무르며 진우를 바라보았다.

"그래서, 너는 이거 덮어버리고 싶지 않은 거지? 그러니까 이거 인쇄해서 보관하는 거 아냐."

서필규의 물음에 진우는 잠시 고민하다 고개를 끄덕였다.

"네. 제가 몰랐다면 상관없는 일이었겠지만, 제가 알아버린 이상 이대로 덮을 수는 없을 것 같습니다."

"하…… 진우야, 그냥 처음부터 몰랐다고 생각하고 편하게 갈 수는 없냐?"

물음에도 진우가 아무런 답을 하지 않자 서필규는 한숨을 내쉬고는 가방에서 서류 한 장을 꺼내 진우에게 건넸다.

"제보 글 올린 사람, 춘천에 있는 건설사 대표일 거다."

진우는 놀란 표정을 하며 서필규가 건넨 문서를 읽어 내려갔다.

"춘천지청에 연락 좀 돌려봤는데, 이미 그쪽에서는 유명한 일이더라고. 다들 쉬쉬하고 있는데. 남성훈 검사장, 한두 푼 받아먹은 게 아니야. 어쨌든 그 건설업자를 기소유예 해주겠다고 약속하고 술이며 돈이며 다 받아먹어 놓고는 입을 싹 씻었나 보더라고."

"이번 일이랑 매우 흡사하네요."

"그래. 한두 번 해본 게 아니라니까? 상습범이야. 어쨌든 그 제보 사실일 거다."

서필규는 걱정된다는 표정으로 진우를 바라보았다.

"제보의 내용을 사실이라고 보더라도, 네 손으로 특별검사한테 들고 간다거나 그래선 안 돼."

"이 제보를 아는 사람은 저와 선배, 그리고 특검보 조성택 부장검사밖에 없습니다. 제가 들고 가지 않으면 사건이 덮일 수밖에 없습니다."

"누가 덮재?"

그 말에 진우는 읽던 서류를 내려놓고는 서필규를 바라보았다.

"이번에 수사팀에 파견 나간 검사 중에 그 사람 있더라."

"그 사람이라뇨?"

"이성모."

이성모의 이름이 서필규의 입에서 나오자 진우는 두 눈을 동그랗게 뜨고는 놀란 표정으로 서필규를 바라보았다.

"이성모 검사님이요?"

"그래. 수사팀 내부에 내 동기가 있으면, 어떻게 한번 줄을 대보려 조사하던 와중에 이성모 이름이 보이더라고."

진우는 미간을 찌푸리며 생각에 잠겼다.

이성모가 이 수사팀에 있어야 할 이유가 없었다.

검찰 내부에서는 이 특검이 실패하기를 바라고 있을 텐데,

이성모 같은 시한폭탄을 심어둘 필요가 없었기 때문이다.

"어째서 이성모가 특검에 차출됐나 싶은 표정인데?"

"네. 시보 기간, 제가 본 이성모 검사님은……."

"우리 주 선배보다 더한 사람이지?"

진우는 대답 대신 고개를 끄덕였다.

이성모는 말 그대로 시한폭탄이었다. 조직 내부의 비리를 파내는 데 거리낌도 없을뿐더러 조직 내의 힘의 논리도 그에겐 통하지 않았다.

"나도 그게 수상하더라고. 수사팀 팀장에 고검 부장 조성택을 파견할 정도면 조직을 지키라고 보낸 건데, 조성택 손에 자폭 버튼까지 같이 쥐여줄 이유가 없잖냐."

"그렇죠."

"그래서 여러 군데 전화를 좀 돌려봐도 답이 안 나오더라고. 그래서 에라이! 내 새끼 살리려면 무슨 짓을 못 할까 싶어서, 대학 후배 기자 놈 하나 시켜서 조성택한테 전화해 보라고 했지."

"설마, 기자분한테 말씀하신 건……."

"미쳤어? 그냥 이성모 검사는 기자들 사이에서도 유명하니까, 그걸 한번 떠봤지. 어쨌든! 조성택도 처음엔 이성모를 안 데려가려고 했는데……."

서필규는 마치 대상 발표를 앞두고 줄다리기를 하는 사회자처럼 뜸을 들이며 진우를 바라보았다.

"김정호 특별검사가 이성모 보내라고 픽했다더라."
"특별검사가요?"
"김정호 특검이랑 이성모랑 연수원 사제지간이래."
"아……."
서필규는 진우를 바라보며 말을 이어갔다.
"어쨌든, 답이 보이지?"
"이성모 검사님을 이용하라는 말씀이군요."
"그래. 네가 나서면 안 돼. 너 머리 좋은 놈이니까 어떻게 이용할지는 네가 생각하고, 알았지?"
"네, 알겠습니다."
"아이고, 드디어 한시름 놓았네. 처음부터 이랬으면 얼마나 좋아? 그리고 우리 조직도 이제 좀 변해야 해. 애초에 돈 받아먹는 것들이 안 나오면 조직을 지켜야 할 일도 없잖아. 나쁜 짓 하는 놈 있으면 확 조져서 일벌백계해야지 그저 감싸려고만……. 어휴, 이번 기회에 이런 것들 제대로 벌 받아서 우리는 그런 꼴 좀 적게 보자."
"걱정 끼쳐 죄송해요. 그래도 선배 덕분에 눈이 딱 떠진 느낌입니다."

진우는 서필규에게 진심으로 고마운 마음을 표현했다.

진우는 이 사건을 덮을 수 없다는 것만 봤기 때문에 시야가 좁아진 상황이었다.

서필규가 아니었다면 이전과 같은 실수를 반복했을 것

이다.

"그래, 인마. 너는 딱 이 선배만 믿으면 돼."

서필규는 한껏 어깨가 올라간 듯 웃으며 진우를 향해 이야기를 이어갔다.

"그나저나 이성모를 어떻게 이용할 거야?"

서필규의 물음에 진우는 잠시 고민을 하는 듯했다.

자신과 이성모의 접점은 시보 생활 담당 검사가 이성모였다는 것뿐이었다.

이전 삶에서도 이렇다 할 접점이 없었고, 이번에도 마찬가지였다. 아니, 이번 삶에서는 가까이하면 안 될 부류가 이성모였다.

"뭐, 안 떠오르나 봐?"

진우는 상념을 깨는 서필규의 목소리가 들려오자 살짝 고개를 끄덕였다.

"네. 이성모 검사님에 대해서 잘 모르니 어떻게 접근해야 할지, 고민입니다."

"내가 아직 검사 생활 몇 년 안 해봤어도 이성모 같은 인간을 잘 아는데, 그런 사람들이 나쁜 놈 때려잡는 거에만 혈안이 되어 보이고 단순해 보여도, 의외로 머리를 많이 굴린단 말이지."

서필규는 심각한 표정으로 진우를 향해 말하기 시작했다.

"네가 막 계략을 짜서 이성모한테 사건을 토스하면 이성모는 그거 들고 확 터뜨리는 게 아니야."

"그럼요?"

"생각을 먼저 하겠지. 이 새끼가 이걸 왜 나한테 들고 왔지? 꼼수가 있지 않을까? 하고 생각부터 한다고."

"의심이 많다는 소리네요."

"그래. 주변에서 성질 좀 죽여라, 사건 덮어라, 매번 칼 들이밀고 협박하는데 그런 성격이 안 될 리가 있나."

진우는 서필규의 말에 동감했다.

조직 내부의 논리에 맞지 않는 이성모가 버틸 수 있었던 이유는 상대를 의심하는 자세가 몸에 배어 있다는 소리나 다름없었다.

이전의 자신이 그랬던 것처럼 말이다.

"선배께서 말씀하신 이유로 이성모를 이용한다고 하더라도 직접적으로 자료를 건네면 안 될 것 같습니다. 일단 그 제보를 아는 사람은 공식적으로 저와 조성택 특검보뿐이니까요."

"그렇지."

"선배님 아시는 후배 기자분을 좀 이용했으면 합니다."

"야, 기자를 이용하면 그 제보를 결국……."

"아뇨, 제보에 대해선 한마디도 안 하고 쿠션을 좀 줄까 합니다."

진우의 말에 서필규는 두 눈을 크게 뜨고 되물었다.

"쿠션? 당구 칠 때 그 쿠션?"

"네. 선배께서는 그 기자분에게 정보를 흘리라고 해주십시오. 다만, 정보 제공자가 우리라는 걸 비밀로 해야 합니다."

"그래. 그건 걱정하지 말고, 너나 조심해서 움직여. 더 뭐 도와줄 건 없고?"

"그리고 연기도 좀 해야겠네요."

진우는 서필규를 향해 웃으며 얘기했다.

일주일 후, 어느새 특검 사무실이 차려지고 수사가 진행된 지 일주일이 지났지만, 별다른 성과가 나오지 않고 있었다.

"조성택 부장검사."

"네, 특별검사님."

"우리 특검 활동 기간이 60일입니다. 알고 있죠?"

특별검사실, 특별검사 김정호와 특검보 4인이 모여 회의를 진행하고 있었다.

김정호는 무언가 상당히 마음에 들지 않는다는 투로 조성택을 바라보며 얘기했다.

"알고 있습니다."

조성택도 김정호가 자신을 꼭 집어 얘기해 오자 무언가 기분이 나쁜 듯 굳은 표정으로 대꾸했다.

"내일이면 특검 활동 시작한 지 열흘째 되는 날입니다. 그런데 왜 아직도 수사 계획서 안 올라옵니까?"

"작성 중입니다."

"작성 중이요? 분명 내가 준비 기간에 수사 계획서 A4용지 한 장 분량으로 간소화해서 올리라고 했습니다. 그런데 아직도 안 올라옵니까?"

"아시다시피 공소시효도 따져야 하고……."

"이봐! 조성택! 자네가 남성훈 변호인이야 뭐야? 자네가 왜 공소시효를 따지나? 일단 수사 기획서부터 올려. 공소시효를 따지고 기소할지 말지는 특별검사인 내가 결정하니까."

김정호는 조성택의 말에 발끈하며 큰소리를 질렀고, 그런데도 조성택은 신경 쓰지 않는다는 표정을 지었다.

"이 특검팀에 쓰인 국민의 혈세가 자그마치 30억 원이야. 30억! 수사 기간 한 번 연장하면 10억이나 더 든다고! 그 돈 자네가 낼 거야?"

"왜 저한테 그러십니까? 정치권에서 서로 선거만 생각하다 합의로 탄생한 게 이 특검 아닙니까? 애초 이 특검법이 도입되기 이전부터 시효가 지난 사건이라 처벌을 할 수 없다고 결론이 나 있는 상황이었습니다."

조성택은 지지 않겠다는 듯 특별검사 김정호와 대거리를 하기 시작했다.

"뭐야? 너 이 자식! 말 다 했어? 요즘 검찰 막 나간다고 하더니, 너 같은 놈들이 검찰 위신 다 깎아 먹는 거야. 긴 말 안 한다. 내일까지 수사 기획서 올려. 안 올리면 자네는 해임이야."

"내일까진 힘듭니다."

김정호는 기가 찬다는 듯 헛바람을 삼키며 조성택을 바라보았다.

"조성택, 자네는 남성훈 잡아들이는 수사 하러 온 사람이야. 검찰 조직 지키러 온 사람이 아니라고."

"알고 있습니다. 여기 계신 다른 특검보님보다 제가 더 열심히 일하고 있으니 걱정하지 않으셔도 됩니다. 그럼 수사 기획서 준비하러 가 보겠습니다."

조성택은 쏘아대듯 제 할 말만 열심히 하고는 자리에서 일어나 회의실을 빠져나갔다.

김정호는 그 모습을 지켜보다 머리가 지끈거리는 듯, 이마 위에 손을 얹고는 의자에 몸을 파묻었다.

"특별검사님, 괜찮으십니까?"

옆에 앉아 있던 공보팀 특검보 이건일이 걱정되는 눈치로 물어왔다.

"괜찮아. 그나저나 정말 큰일이구먼, 수사팀에서 협조

안 하면 어쩔 수가 없는데 말이야."

"이런 말씀 드려도 되는지 모르겠습니다만……."

이건일은 상당히 조심스럽다는 듯 이야기를 꺼내기 시작했다.

"수사팀에 파견 나온 검사들이 공공연하게 대검에 보고한다고 합니다."

"뭐? 사실이야?"

김정호는 놀란 듯 되물었다.

검찰에서 파견 나온 검사들이 현직 검사의 신분이라고 하더라도, 특검법에서 정한 파견 검사들은 자신의 지휘를 받아야 했지, 수사 내용에 관해 대검찰청에 보고하고 그들의 지휘를 받으면 안 되는 위치였다.

"사실인지는 모르겠습니다만, 밑에 직원들 말에 따르면 공공연하게 말하고 다닌다고 합니다."

"하……."

"어떻게 할까요? 언론에 살짝 흘릴까요?"

"아냐. 그럴 필요는 없어. 언론에 흘리면 우리 특검팀이 뭐가 되나? 일단 정말로 대검에 보고하는지 사실관계를 파악하는 게 우선이야."

"그 일을 누가 하려고 하겠습니까? 아시다시피 조성택을 제외하면 특별검사님을 포함한 모든 특검보가 법원 출신입니다. 그런 쪽은 현직 검사가 알아봐 줘야 할 텐데……."

"그건 내가 알아서 할 테니, 일단 자네들은 못 들은 걸로 해. 그리고, 입단속 잘하고 알았어?"

"네, 알겠습니다."

김정호는 특검보들에게 당부의 말을 전하고는 회의를 끝마쳤다.

진우는 평소와 같이 특검에 발표한 브리핑 기사들을 열심히 카페에 옮겨 게시글로 작성하고 있었다.

'이게 참, 돈 이렇게 편하게 벌어도 되나 몰라.'

카페에 하루 방문하는 사람은 십여 명도 되지 않았고, 올라오는 글도 전부 진우 본인이 올리는 글뿐이었다.

그때 사무실 문이 열리며 회의를 마치고 공보팀 특검보 이건일이 들어오자 진우는 자리에서 일어나 인사를 했다.

"다녀오셨습니까?"

진우의 인사에 이건일은 눈길 한 번 주지 않고, 손을 들어 올렸다 내리며 지나치다 무언가 떠올랐는지 진우를 바라보았다.

"현 검사, 너도 여기서 일어난 일 전부 대검에 보고하나? 그런 소문이 들리는데 사실이냐, 이 말이다. 특검에 파견 나온 검사들 미친 거지?"

진우는 아무것도 모른다는 표정으로 이건일을 바라보았다.
"아니요. 그럴 리가 있겠습니까? 저는 그 누구에게도 여기서 일어난 일을 따로 보고하지 않습니다."
"그럼 네 선배들은 대검에 보고하고 그러냐? 들은 거 있어? 아, 하기야 너도 검사인데 그걸 나한테 얘기해 줄 리가 없지."
"모르겠습니다."
이건일은 포기하고 돌아서려다 진우의 입에서 모르겠다는 말이 나오자 돌아서서 진우를 바라보았다.
"설령, 선배들이 대검에 보고하신다고 하더라도 저 같은 잔챙이는 잘 모릅니다. 그리고 저는 핵심 정보를 알 만한 위치도 아니고요. 그리고 저는 특검에 파견 나온 검사입니다. 제가 일에 관해 보고를 드리는 분은 이건일 특검보님이 유일하시고요."
"어, 그래. 그렇지. 미안하다."
진우의 말에 이건일은 머쓱해진 듯 손을 올려 진우의 어깨를 두들겨 주고는 제자리로 돌아갔다.
진우는 자리에 앉아 생각을 정리하기 시작했다. 드디어 자신이 노린 타이밍이 온 것 같았기 때문이다.
잠시 생각을 정리한 진우는 휴대전화를 들고 사무실 밖으로 나와 서필규에게 전화를 걸었다.

"선배, 이전에 얘기 나눴던 거 실행할 시간이 된 것 같습니다."

「'스폰서 검사' 특검팀, 내부 분열?」
「파견 검사와 김정호 특별검사 간의 알력 다툼 물 위로……. 」
「특검 파견 검사들 특별검사 패싱하고 대검에 직접 보고? 내부 제보 들어와.」
「특검 출범 2주 차…… 이전 특검들과 같은 실패 공식 답습 중.」

다음 날, 아침 신문의 헤드라인을 읽어 내려가던 특별검사 김정호는 두 손을 모으고는 고민에 빠진 눈치였다.

전날 공보팀 특검보 이건일이 언론에 제보하자는 것을 자신이 말렸는데 이런 정보가 새어 나갔기 때문이다.

사무실로 출근하자마자 이건일에게 경위를 캐물었지만, 그는 정말로 모르는 눈치였다.

'우리 쪽에서 흘린 게 아니면…… 검찰 내부인가?'

특검팀에서 흘린 게 아니라면 검찰 쪽에서 의도적으로 특검을 깎아내리기 위해 정보를 흘린 거라고 생각했다.

똑똑똑-

한참 내부 사정 유출 경위에 대해 생각을 해나가던 때 노크 소리가 들려왔다.

"들어와."

김정호가 그렇게 말하자 사무실의 문이 열리며 낯이 익은 남자가 들어왔고, 김정호는 쓰고 있던 돋보기안경을 벗으며 자리에서 일어났다.

"이 검사, 어서 와."

김정호가 손을 내밀자, 앞에 선 이성모는 손을 맞잡으며 고개를 숙였다.

"교수님, 오랜만에 뵙습니다."

"하하하, 이 친구야. 내가 사법연수원에서 교수하던 때가 언제인데 아직도 교수님이야? 자, 앉지."

김정호는 사무실 중앙에 있는 소파로 이성모를 안내했고, 이성모가 자리에 앉자 김정호는 입을 열었다.

"차 한잔하겠나?"

"아니요, 괜찮습니다."

이성모가 사양하자, 김정호는 고개를 끄덕이며 입을 열기 시작했다.

"그래, 특검팀에 파견 나와보니 어때?"

"생각보다는 지루합니다. 아무래도 아직 수사 개시 전이라 그런 건지도 모르겠습니다. 그리고 교수님께서 저를 따로 차출하셨다고 전해 들었습니다. 감사합니다."

"하하하, 감사는 무슨…… 이 친구야, 내가 연수원 시절에 법관 임용 신청하라고 한 이유가 있었어. 자네는 검찰 조직이랑 맞지 않아."

두 사람은 이성모가 사법연수원생일 때 처음 만났다.

사법연수원 교수직을 맡고 있었던 김정호는 연수원생 이성모를 눈여겨보았다.

그가 가르친 연수원생 중 단연 눈에 띄는 학생이었고, 법관 임용을 추천했지만, 이성모는 검사 임용을 신청했었다.

"그때 내가 두고두고 자네를 뜯어말리지 못했던 걸 아직도 후회하고 있어."

김정호의 말에 이성모는 웃으며 입을 열었다.

"교수님께서 왜 저를 걱정하시고, 이 팀에 차출하셨는지 알 것 같습니다. 하지만 저는 지금 검사직에 만족하고 있습니다."

"자네가 만족한다면 내가 더 말해서 뭐 하겠나?"

"그나저나 따로 보자고 하신 이유가……."

이성모의 물음에 김정호는 얼굴에서 웃음기를 지우고는 작게 한숨을 내쉬었다.

"수사 계획서 아직 안 올라오고 있는 이유를 자네는 아나?"

"교수님, 잘 아시지 않습니까? 검찰 조직이 어떤 곳인지 말입니다. 조성택은 남성훈 검사장을 지키고, 조직을 지키라고 보낸 사람입니다. 조성택 특검보는 수사팀을 상대로 수사지휘도 하고 있지 않은 상황이고요."

"하…… 그래도 일말의 기대는 하고 있었네. 저들이 진정 조직을 보호하려거든 남성훈 같은 스폰서 검사들을 쳐내야 한다고 생각할 거라고 말이야."

"교수님께서 너무 기대하신 것 같습니다. 검찰이란 조직은 그런 조직이 아닙니다. 티끌만 한 비위 사실도 직접 처리해야 한다고 생각하는 집단입니다. 남의 손에 제 식구가 잘려 나가는 걸 원치 않는 집단이고요."

이성모는 씁쓸한 표정으로 말을 하고는 부끄러운 듯 고개를 살짝 떨궜다.

"하하, 이 친구야. 자네가 부끄러워할 일은 아니야. 어쨌거나, 자네가 날 좀 도와줬으면 하네."

"명령만 하십시오. 특검팀에 파견 나온 이상 저는 교수님의 지휘를 받는 검사입니다."

이성모의 말에 김정호는 웃으며 고개를 끄덕였다.

"참, 든든해. 조성택이 대검에 무언가를 보고하고 있다고 주장하는 기사 봤지?"

"네, 들었습니다."

"조성택 특검보가 대검에 보고하는 것이 사실인지, 또 무슨 내용을 보고한 건지, 대검찰청의 수사지휘를 받고 있는지 알아야겠네. 자네가 알아봐 줄 수 있겠나?"

"제가 말입니까?"

"그래. 이 특검 안에서 정상적인 생각을 하는 검사는 자네뿐이야. 자네도 알다시피 나와 다른 특검보들은 판사 출신이다 보니 검찰 내부 정보에 접근할 수도 없고……."

"교수님, 저도 조직 내에선 외부자나 다름없습니다."

이성모는 그렇게 말하고는 애가 타는 표정으로 자신을 바라보는 김정호의 눈을 바라보았다.

마치 네가 아니면 이 일을 해결할 수 없다는 눈빛을 보내는 김정호를 바라보며 어쩔 수 없다는 듯 고개를 끄덕였다.

"하지만, 최대한 알아보도록 해보겠습니다. 너무 기대는 하지 마시고……."

"당연하지. 다만, 이 특검이 성공하려면 조성택부터 내쳐야 한다는 것만 알아두게."

"네, 알겠습니다."

이성모의 시원한 답에 김정호는 마음에 든다는 듯 연신 고개를 주억거렸다.

특검팀이 입주한 빌딩에는 구내식당이 따로 있었다.

빌딩 내의 여러 사무실에서 공동으로 사용하는 구내식

당이었는데 진우는 점심시간을 맞아 그곳으로 들어서고 있었다.

대충 배식을 받은 진우는 식판을 들고 식당 내부를 이리저리 살피기 시작했다.

'어디 있나······'

한참 내부를 살피던 진우의 눈에는 구석에서 홀로 식사를 하는 남자의 모습이 들어왔고, 진우는 웃으며 그곳으로 다가갔다.

"이성모 검사님."

진우가 식탁 위에 식판을 내려놓으며 앉자, 이성모는 밥을 먹다 말고는 고개를 들어 진우를 바라보았다.

"어, 너는?"

"잘 지내셨습니까? 현진우입니다. 임관 후 찾아뵈었어야 했는데, 시간이 나지 않았습니다. 여기서 선배님을 뵙게 될 줄은 몰랐습니다."

"중앙지검으로 갔다는 소리는 들었다. 그런데 네가 여긴 어쩐 일이야?"

진우의 인사에 이성모는 놀란 듯 진우를 바라보며 물었다.

"저도 특검팀에 파견 나왔습니다."

이성모는 진우의 말에 고개를 살짝 갸웃하며 진우를 바라보았다.

"네가? 나는 너를 본 적이 없는데?"

"그게…… 수사팀이 아닌 공보팀으로 파견 왔습니다."
"공보팀으로 간 검사가 하나 있다더니, 너였구나."
"네. 그나저나 선배님, 오늘 나온 기사 보셨습니까?"

이성모는 자신의 앞에 앉은 초임검사가 떠들어대는 것에는 관심이 없다는 듯 식사를 다시 하기 시작했다.

"뭐라더라…… 특검팀 내부 분열? 재밌는 기사지 않습니까? 당연히 우리 조직을 저격해 오는데 우리가 가만히 있을 이유가 없잖습니까."

"밥 먹지."

이성모의 말에 진우는 밥을 한 숟갈 크게 퍼서 입에 넣고는 계속해서 말을 이어나갔다.

"참, 기자들 할 일 없습니다. 그런 걸 기사로 내보내고 말입니다. 그 기사를 쓴 기자가 제 선배 검사님의 후배인데 말입니다……."

"현 검사, 입에 들은 것 다 먹고 얘기해도 되잖아? 밥 먹자."

이성모는 입에 한가득 음식을 우물거리며 말해오는 진우의 존재가 귀찮아졌다.

시보 때 봤던 현진우는 분명 저런 모습이 아니었다.

자신의 연수원 시절을 보는 듯 똑 부러지고, 검사는 수사만 잘하면 된다는 걸 행동으로 보여줄 만한 후배였다.

하지만 하는 행동이나 해오는 말의 내용 모두가 벌써 이 조직에 물든 것처럼 보여 안타까웠다.

"제 선배 검사님께서 그 기자분한테 전화를 걸어서 따져 물었더니, 자신은 확실한 제보자가 있다고 했답니다. 누군지 참…… 조직 내부의 일을 기자한테 막 뿌리고 말입니다. 어쨌든, 그 기자의 말이 조성택 특검보님께서 남성훈 검사장님의 추가 비리 사항을 알아채고도 대검에 보고해서 덮었다는 겁니다."

식사에 집중하던 이성모는 놀란 듯 고개를 쳐들고 진우의 말에 집중하기 시작했다.

"참, 요즘 기자들 소설 너무 잘 쓰는 것 같습니다. 어떻게든 조직을 깎아내리려고…… 우리 조직에서도 좀 그런 기자들에게는 단호하게 대응을……."

"그래서?"

"네?"

다짜고짜 캐묻는 이성모의 말에 진우는 놀란 표정을 지으며 이성모를 바라보았다.

"그래서 그 비리 제보 덮은 건 왜 기사로 안 나왔대?"

"왜겠습니까? 그저 제보 사항일 뿐이니까 그렇지요. 증거가 없으니 괜히 기사 썼다가 자기가 죄다 뒤집어쓸까 봐 그랬겠죠. 여하튼 요즘 기자들 그냥 특종에 눈이 멀어선 말입니다."

진우는 계속해서 이성모를 바라보며 떠들기 시작했다.

"그리고 설령 그 제보를 덮었다는 게 사실이더라도 신빙성이 없으니 덮었겠죠."

이성모는 진우의 말에 생각을 정리하기 시작했다.

앞에 앉아 입을 떠벌리는 멍청한 초임검사가 말한 제보가 무엇인지부터 찾아야 했다.

"그 기자, 연락처 내가 받아볼 수 있겠어?"

"에이, 선배님. 그런 기자랑 연락하셔서 이득이 될 게 뭐가 있다고 그러십니까? 그냥 혼자 떠들게 내버려 두십시오."

진우가 그렇게 말했음에도 이성모는 아무런 말 없이 진우의 얼굴을 바라보고 있었다.

"참, 이 선배님께서도 화가 많이 나셨나 보네요. 잠시만요."

진우는 품속에서 수첩을 꺼내 한 장을 찢어 휴대전화에 기록된 기자의 전화번호를 적어 이성모에게 건넸다.

"여기 있습니다."

"고맙다."

진우가 번호를 건넸고, 쪽지를 확인한 이성모는 밥을 먹다 말고 자리에서 일어났다.

"선배님, 식사 더 안 하십니까?"

"너나 많이 먹어라."

이성모는 진우와 더 이상 섞일 일이 없다는 듯 퉁명스레 말을 던지고는 발걸음을 옮겼다.

그 모습을 한참 지켜보던 진우는 피식 웃음을 터뜨렸다.

'연기가 나름 잘 통했나 보네. 배우나 할 걸 그랬나?'

진우는 이미 이 특검팀이 일정 순간부터 내부 알력 다툼으로 삐걱거린다는 것을 알고 있었다.

'이건일이 나에게 너도 대검에 보고하냐고 물은 게 신호탄이었지.'

진우는 이건일의 입에서 자신이 기다리던 출발 신호가 나오자, 바로 서필규를 통해 이 사건을 흘렸다.

그렇게 되면 어쨌든 수면으로 올라온 내부 사정을 특별검사는 수습해야 했다.

덮든지, 조성택을 숙청하든지.

'김정호는 이 사건을 잘 처리하고 싶을 거야. 가슴팍에 국회의원 배지 달고 싶을 테니까.'

이전에는 이 일에 실패하고도 김정호는 국회의원이 되었지만, 지금 그는 자신의 미래를 모르기 때문에 누구보다 이 일을 열심히 하는 중이었다.

그런 김정호가 심어둔 검찰 내부의 폭탄, 이성모를 통해 대검에 넘어간 보고가 무엇인지 조사하리라 생각했고.

이성모에게 힌트를 주는 것은 조직의 논리에 물들어 버린 멍청한 초임검사 현진우가 해야 할 일이었다.

모든 게 자신이 짠 판대로 잘 흘러간 것을 느낀 진우는 만족스러운 듯 고개를 끄덕이며 휴대전화를 꺼내 들고는 메시지를 보냈다.

[필규 선배, 이성모 검사가 사건 물었습니다. 기자분 입단속 잘 부탁드립니다.]

그렇게 메시지를 보내고 얼마 지나지 않아 서필규에게서 답장이 도착했다.

[OK. 근데, 김정호 특검이 조성택 잡으려다가 네가 제보 글 지운 거까지 걸고넘어지진 않을까?]
[선배님, 그렇게 걱정하지 않으셔도 될 것 같습니다. 여기는 모두의 욕심만 그득한 곳이거든요.]

진우는 웃으며 자리에서 일어나 구내식당 밖으로 발걸음을 옮겼다.

"어, 이 검사. 왔나?"
"조성택 부장검사 비위 사실 확인했습니다."
일주일 후, 이성모는 특별검사실 문을 열고 들어가자마자 자신을 향해 인사해 오는 김정호의 인사도 받지 않고 다짜고짜 본론부터 얘기해 왔다.

"그래? 일단 좀 앉지."

김정호가 소파로 안내하자 이성모는 자리에 앉았고, 앉자마자 입을 열기 시작했다.

"특검팀 내부에 알력 다툼이 있다고 기사를 쓴 기자를 만났습니다. 그 결과, 새로운 것을 알아냈습니다."

"새로운 것이라니?"

"춘천 지역의 한 건설업자가 지금 남성훈 검사장이 받는 의혹과 같은 내용을 제보해 왔다고 합니다. 지금 의혹은 공소시효가 만료되어서 사실상 기소 불가능하지만, 새로운 제보 건은 아직 시효가 유효합니다."

이성모의 입에서 의외의 말이 나오자 김정호는 놀란 표정으로 이성모를 바라보았다.

그저 대검에 무엇을 보고하는지 알아보라고 했더니, 생각보다 큰 건을 물어왔다.

"같은 내용이라면?"

"그 건설업자가 회삿돈을 맘대로 가져다 썼나 봅니다. 검찰에 수사받는 도중 춘천지검장인 남성훈 검사장에게 수사 편의를 부탁하며 2천만 원을 개인적으로 지급하고 술자리 향응 접대까지 제공했다고 합니다."

"상습범이구먼. 남성훈은 수사 편의를 봐줬나?"

"그렇지는 않은 것으로 보입니다. 제보자는 실형을 살다 최근에 나왔다고 합니다. 하지만 돈을 제공한 정황증거가 뚜렷합니다."

"그래? 제보자는 확보했고?"

"아뇨. 아직 제보자는 만나보지 않았습니다. 만남을 피하더군요. 어쨌든 정황증거가 뚜렷하니, 이걸로 조성택을 칠 수 있습니다."

"좋아."

김정호는 만족스러운 듯 연신 고개를 주억거렸다.

"그리고 확실하지 않지만, 이 제보를 조성택 부장검사는 개인적으로 덮은 것으로 보입니다. 대검엔 따로 보고하지 않은 것으로 보입니다."

"대검에 보고하고 지휘받은 건 없는 사실이다?"

"네. 제가 확인한 바로는 그렇습니다."

"조성택은 왜 자신의 판단으로 이 제보를 덮은 거지?"

"애초부터 조성택 부장은 검찰에서 파견될 때부터 이 특검이 제대로 나갈 수 없도록 지시를 받고 온 인물입니다."

"그런데 왜 그런 기사가 나왔지?"

"기자를 만나본 바로는 추측해서 기사를 썼다고 합니다."

"흠……."

"어떡할까요? 조성택 특검보에 대한 압수수색 영장부터 칠까요?"

이성모의 말에 김정호는 고민에 빠졌다.

지금 남성훈과 조성택 둘을 묶어서 친다면 검찰 내부를 흔들 수도 있었고, 특검도 성공할 것이다.

"교수님, 어떡할까요?"

김정호는 자신을 향해 채근하듯 물어오는 이성모를 바라보며 고개를 가로저었다.

"일단 멈추게."

"교수님!"

"일단 멈춰. 나도 다 생각이 있어서 그런 거야. 남성훈은 확실하게 잡을 수 있겠군."

이성모의 무릎 위에 있는 두 주먹을 쥔 손이 부르르 떨렸다.

"압수수색 영장 준비하겠습니다."

"이 검사! 내가 멈추라고 했네. 자네 입으로 분명 자네는 나의 지휘를 받는 검사라고 했어. 잊었나?"

"……"

"일단 기다리고 있어. 나가봐."

이성모는 자신의 자리에서 일어나 고개를 숙이고는 돌아서서 사무실 밖으로 발걸음을 옮겼다.

"저놈의 성격 좀…… 고치면 좋으련만."

이성모는 자신의 뒤통수에다 대고 신경질적으로 뱉어오는 김정호의 말에 잠시 멈춰 섰다가 다시 걸음을 옮겼다.

이성모가 나가자 김정호는 다시 고민에 빠지기 시작했다.

'내가 만약 현직 고검 부장인 조성택과 검사장 남성훈을 잡는다면, 검찰 내부의 모든 시선이 내게로 향하게 되겠지.'

김정호는 그런 상황을 원하지 않았다.

자신이 앞으로 있어야 할 곳은 여의도였다. 검찰의 시선이 자신을 주시하게 된다면 무슨 일을 하든 검찰의 표적이 될 것으로 생각했다.

한참 생각을 정리하던 김정호는 전화를 들고는 내부 번호를 눌렀다.

"조성택 특검보 내 방으로 지금 바로 오라고 해."

부하 직원을 향해 그렇게 명령하고는 김정호는 느긋하게 조성택을 기다렸다.

잠시 후, 사무실 문에 노크 소리가 들리더니 조성택이 특별검사실로 들어섰다.

"부르셨습니까?"

"앉지."

김정호가 소파에 앉으라고 지시하자 의아한 표정을 짓고 있던 조성택은 재빠르게 자리에 앉았다.

"내가 왜 자네를 따로 불렀나 싶은 표정이군."

조성택은 자신의 표정이 김정호에게 읽혔다는 것이 싫다는 듯 금세 무표정을 하고는 김정호를 바라보았다.

"자네가 남성훈의 비위 사실 제보를 덮은 걸 알고 있네."

그 말에 조성택은 놀란 듯 두 눈을 크게 뜨고는 김정호를 바라보았다.

"무, 무슨 말씀입니까…… 제가 제보를 덮다니요?"

"이성모가 이번에 내부 알력 다툼 기사를 쓴 기자를 만나고 왔어. 제보자까지 확보한 상황이고."

김정호의 확인 사살에 조성택의 입술이 파르르 떨리기 시작했다.

"자네도 참, 대검의 지시라도 받았으면 자네가 빠져나갈 수 있었을 텐데. 그것도 아니라며?"

"김 특검님……."

"뭐, 그래도 자네가 내부 사정을 대검에 보고하지 않았다는 것은 정상참작 해줄 만하군."

"그, 그렇습니다! 내부 사정에 대해 단 한마디도 보고하지 않았습니다."

뭔가 다급한 듯 자신을 향해 말해오는 조성택의 말투에 김정호는 씩 웃으며 입을 열었다.

"그래서, 내 자네에게 기회를 주려고 하네."

"기회라면……."

"남성훈 검사장이랑 같이 옷 벗겠나? 아니면, 자네가 남성훈을 잡는 칼잡이가 될 텐가?"

김정호의 말에 조성택은 고민하기 시작했다.

지금 옷을 벗으면 이도 저도 안 되는 상황이었다.

더군다나, 지금 자신의 개인 판단으로 제보를 덮은 것은 위계에 의한 공무집행방해로 실형까지 살 수 있는 일이었다.

내가 사느냐, 조직이 사느냐를 선택해야 했다.

그리고 의외로 답은 아주 간단했다.

"자네만 결단하면 돼. 자네가 남성훈을 잡는 칼이 되겠다고 말하면 모든 것은 원래대로 돌아가네. 자네가 묻으려 했던 제보는 남성훈을 잡는 중요 증거가 될 테고, 자네 또한 사건을 덮었다는 의혹을 벗게 된다는 말이야."

"제가 어디까지 하면 되겠습니까?"

조성택의 입에서 자신이 원하는 답이 나오자 김정호는 크게 웃었다.

"이렇게 속 시원한 사람이었으면, 그동안 잘하지 그랬어? 수사 기획서부터 작성해서 올리지. 그리고 자네가 까먹은 시간만큼 수사 기간 단축해."

"네. 알겠습니다."

김정호는 조성택의 답이 마음에 든다는 듯 손을 내밀었고, 한숨을 내쉬던 조성택은 김정호가 손을 내밀자 재빠르게 손을 맞잡았다.

"자네의 수사지휘권은 확실하게 보장해 주겠네."

"가, 감사합니다!"

"감사하기는…… 참!"

김정호는 무언가 떠올랐다는 듯 조성택을 바라보았다.

"수사팀 내부의 폭탄부터 제거해야지? 내가 심어놓고

내가 제거하라고 명령하는 것도 웃기지만, 이제 필요가 없어졌으니 없어도 될 것 같은데."

김정호의 말뜻이 무엇인지 예상한 조성택은 고개를 끄덕였다.

"그럼요. 내부 총질하는 놈은 확실하게 제거하고 가야겠지요."

김정호와 조성택은 서로의 이해관계가 들어맞자, 마치 오랫동안 죽이 맞아왔던 콤비처럼 행동했다.

잠시 후, 조성택은 특별검사실에서 나오자마자 수사팀의 사무실로 향했다.

"이성모 검사."

한참 자리에 앉아 화를 삭이고 있던 이성모는 조성택이 자신을 부르자 자리에서 일어나 조성택의 자리로 다가갔다.

"자넨 대답할 줄 모르나?"

"네, 부장검사님."

"자네는 오늘부로 원청 복귀해."

이성모는 인상을 쓰며 조성택을 바라보았다.

"못 들었나? 자네는 서부지검으로 돌아가."

"제가 왜 그래야 합니까? 이 일 정식으로 특별검사님께 보고드리겠습니다."

이성모는 그렇게 말하며 몸을 돌려 특별검사실로 향하려 했다.

"가 봤자, 달라지는 건 없을 거야."

자신의 뒤에서 들려오는 조성택의 목소리에 이성모는 그 자리에 멈춰 섰다.

"특별검사님이 직접 내리신 지시니까. 원청 복귀하도록 해."

이성모는 드디어 자신의 처지를 깨달은 듯 실소를 터뜨리고는 자신의 자리로 돌아가 재킷을 챙겨 사무실을 떠났다.

특검 사무실이 위치한 동네 어귀의 한 포장마차.

이성모는 사무실을 뛰쳐나오자마자 이곳에 자리 잡고 술을 퍼마시고 있었다.

테이블 위에는 이성모가 마신 술의 흔적인 듯 여러 병의 소주병이 널브러져 있었다.

"이모님, 여기 우동 한 그릇 주세요."

그때, 한 남자가 포장마차로 들어오며 메뉴를 주문하고는 이성모의 앞에 자리 잡고 앉았다.

"선배님, 속 버리십니다. 술을 이렇게 많이 드시려거든 안주라도 좀 제대로 갖춰서 드십시오."

이성모는 자신을 향해 말해오는 목소리가 들리자 느릿하게 고개를 들고 초점 없는 두 눈으로 정면을 바라보았다.

"꺼져."

앞자리에는 자신이 봐왔던 조직의 논리에 물들어 버린 멍청한 초임검사 현진우가 앉아 있었다.

잠시 후, 진우가 주문한 음식이 나오자 진우는 이성모의 앞으로 음식을 밀었다.

"좀 드세요. 속이 풀릴 겁니다."

"너, 아직 안 갔냐? 꺼지라고!"

이성모는 반쯤 꼬인 혀로 진우를 향해 소리를 질러왔다.

"저한테 이렇게 성질내신다고 달라질 건 없습니다. 이미 특별검사는 조성택과 손을 잡았고 선배님께서 하려던 그 칼잡이, 조성택이 할 겁니다. 조성택은 자신이 살기 위해서 남성훈 검사장 사돈의 팔촌까지 탈탈 털 겁니다. 선배님이 하려고 했던 것처럼요. 제보도 결국 묻히지 않은 게 될 거고요."

"……."

"조성택은 조직 내에서 배신자니 뭐니 비난은 듣겠지만, 현직 검사장을 잡은 특검 수사팀을 지휘했다는 타이틀을 달고 옷을 벗겠죠. 뭐, 모르겠습니다. 나중에 검찰 개혁에 앞장서는 인물로 변신할 수도 있고요."

진우는 자신의 이야기를 듣는 둥 마는 둥 연신 술을 퍼마시는 이성모를 바라보았다.

"어쨌거나 선배님 하나 빠졌을 뿐인데 모든 것은 원래

자리로 돌아갔습니다. 남성훈은 곧 구속될 거고요."

"하고 싶은 말이 뭐야?"

혀가 반쯤 구부러진 이성모는 눈을 게슴츠레 뜨고 진우를 바라보았다.

"변하지 마세요. 선배님 하고 싶은 수사 맘껏 하시면서, 수사 방해하는 사람한테 들이받고, 지금처럼 사십시오."

"하하하, 너도 지금 내 꼴이 우스워 보이나 보다. 지금 비꼬는 거냐?"

이성모가 크게 웃다 정색하며 되묻자 진우는 고개를 가로저었다.

"비꼬는 거 아닙니다. 선배 같은 검사들도 있어야, 우리 검사들이 어깨 펴고 다닐 수 있을 거 같아 그렇습니다. 진심입니다."

잔뜩 취한 이성모는 오늘 일을 기억 못 할 테지만, 진우는 이성모를 향해 진심이 담긴 말을 전했다.

"상처받지 않는 분일 줄 알았는데, 지금 모습을 보니 마음이 편치만은 않습니다. 술 한잔에 훌훌 털어버리십시오."

진우는 그렇게 말하고는 자리에서 일어났다.

"지금까지 드신 건 제가 계산하고 가겠습니다. 술 조금만 드시고요. 저는 가 보겠습니다. 뭐, 곧 좋은 소식 들려오지 않겠습니까?"

진우는 그렇게 말하며 테이블 위에 만 원짜리 지폐 몇

장을 올려두고는 포장마차를 떠났다.

그것이 지금 자신이 이성모를 위로할 수 있는 유일한 방법이었다.

「'스폰서 검사' 특검팀, 남성훈 검사장 구속기소.」
「향응 접대, 금품 수수 논란 남성훈 검사장 결국, 구속…….」
「검사장 잡는 검사 조성택 특검보, "죄를 지었다면 검찰 가족이라도 구속 당연."」
「조성택 특검보의 인터뷰에 검찰 내부 부글부글…….」
「특검 수사 기간 종료 일주일 앞두고 수사 급물살…… 아직 못 한 수사 많아, 수사 기간 연장 검토.」

신문을 보던 검찰총장 정무진은 한숨을 쉬며 신문을 테이블 위로 던졌다.

'총장님! 저를 보내주시면 조직을 지키겠습니다.'

자신의 앞에서 자신 있게 말하던 조성택은 하루아침에 얼굴을 바꾸고는 검찰 조직이 모든 악의 근원인 것처럼 인터뷰까지 한 상황이었다.

조직 내부의 분위기도 좋지 않았다.

처음엔 조성택에 대한 분노에서 조성택을 특검에 파견 보낸 검찰총장의 선택을 탓해온다는 얘기가 들려왔다.

하루빨리 분위기를 수습해야 했다.

똑똑-

한참 고민에 빠져 있을 때, 노크 소리가 들려와 정무진은 고개를 들었다.

"총장님, 서울중앙지검장님과 김용환 부장검사님께서 오셨습니다."

"어, 그래. 빨리 모셔."

자신의 비서가 손님의 방문을 알려오자 정무진은 생각을 멈추고는 자리에서 일어났다.

"총장님, 안녕하십니까?"

서울중앙지검장과 김용환이 고개 숙여 인사하자, 정무진은 웃으며 그들에게 다가갔다.

"아이고, 그래. 다들 수고가 많아. 일단 자리에 앉지."

총장실 중앙에 있는 회의 테이블에 앉은 정무진은 두 사람을 번갈아 보며 입을 열었다.

"좀 더 빨리 불렀어야 했는데, 요즘 돌아가는 사정이 좋지 않아서 늦었어. 자네들이 이해해."

"아휴, 당연합니다."

"좀 더 늦어졌다가는 내가 까먹을 거 같아, 김 부장도 같이 데리고 오라고 했어."

"아이고마, 총장님께서 칭찬해 주셨다는 말씀 전해 들었습니다. 그것만으로도 저는 만족했습니다."

"하하하, 어쨌거나 고영주 잡아들인 건 형사7부의 업적이야. 담당 검사는 수원지검으로 갔다며?"

"예. 지검장님께서 챙겨주셔 가지고예. 수원지검 특수부로 발령 났습니다."

"그래, 지검장이 잘했어. 고영주같이 법망 살살 빠져나가려는 기업인들 잡아들였으면, 마땅히 보상받아야지."

검찰총장 정무진은 웃음을 멈추고는 김용환을 바라보았다.

"시기가 시기다 보니 내가 자네한테 물어보고 싶은 게 있는데."

"예? 무엇을······."

"대검 간부들은 솔직하게 말해주지를 않아. 그래서 일선 부장들은 어떻게 생각하는지 궁금해서 그래. 솔직하게 대답해 줄 거지?"

형사7부 부장검사 김용환은 서울중앙지검장의 눈치를 살폈는데, 지검장은 고개를 끄덕여 주었다.

"예! 하모요. 뭐든지 물어보시지요."

"부장검사들 반응이 어때?"

김용환은 자신을 향해 앞뒤 다 잘라먹고 질문해 오는 검찰총장 정무진을 보며 고개를 갸웃했다.
"이번 특검 말이야."
"아! 그…… 이게 제가 굉장히 조심스럽게……."
"괜찮아. 기탄없이 얘기해 봐."
"남성훈 검사장이 돈 받아묵고 이런 것은 우리도 비난하고 있습니다. 그건 총장님께서도 아실 거라고 생각합니다."
"그래. 나도 알아."
"그런데 그걸 우리 손으로 끊었어야 했는데, 정치권 다툼에 특검 내준 게 첫 번째 잘못이고, 두 번째는 애초에 칼잡이를 보내서 조직이 정신 차렸으면 차라리 괜찮았을 껍니다. 근데 조성택같이 조직 지키라고 보내놓은 인간이…… 아이고……."
"괜찮아. 없는 데서는 나라님 욕도 한다는데, 어때? 계속해 봐."
"예. 조성택 부장검사는 조직 지킨다고 호언장담하고 가 놓고는 얼굴 싹 바꾸고 영웅 놀이하고 있는 게 마땅찮습니다. 조성택이 지가 좀 뜰라고, 조직 내부의 모두를 나쁜 놈 만드는 상황이 마땅찮지요……."
김용환의 말을 들은 검찰총장 정무진은 고개를 끄덕이며 한숨을 내쉬었다.
"조성택 부장도 처음엔 제보 묻으라 캤다가 갑자기 변해가 저란다 하대요."

김용환의 입에서 예상치 못한 말이 나오자 정무진은 두 눈을 크게 뜨고 김용환을 바라보았다.

"조성택이 제보를 묻으라고 지시했다고? 자네가 어떻게 알아?"

"아…… 그 제보를 처음에 받은 사람이 제 새끼입니다."

"자네 팀원이라고?"

"네. 이번에 초임 하나를 특검으로 파견 보냈는데, 아무래도 초임이기도 하고 해서 공보팀에 자리 내달라 캐가 보냈습니다. 근데 이 자슥들이 아무리 그래도 그렇지, 현직 검사를 카페 관리를 시키고!"

김용환은 순간 울화통이 터져 소리를 지르다가 자신을 바라보는 정무진과 눈이 마주쳤다.

"죄송합니다. 너무 화가 나서…… 어쨌든 이번 제보는 제보자가 카페에 글을 올렸었다고 카더라고요. 그래가 우리 얼라가 우째야 되나 생각하다가 조성택이한테 들고 갔는데, 조성택이 제보 글 지우고 덮자고 했다고 합니다."

"확실해? 그런데 지금 조성택은 왜 저래?"

"그거야 저도 잘 모르겠습니다."

정무진은 생각을 정리하기 시작했다.

김용환의 말이 사실이라면, 조성택이 무언가 변하게 된 계기가 있어야 했다.

검찰청
망나니

그 변하게 된 계기가 어쩌면 분위기를 반전시킬 수 있는 중요한 열쇠일 수도 있었다.

정무진은 생각을 정리하고는 김용환을 바라보며 입을 열었다.

"그 초임검사, 내가 한번 만나봐야겠어."

-진우, 네가 알아서 잘하겠지만, 어쨌든 총장님 앞에서는 말조심하고.

"네, 부장님. 알겠습니다."

-그리고 약속 장소에 먼저 나가 있어라.

"이미 도착해서 기다리고 있습니다."

-아이고야. 그래, 잘했다. 첫 번째도 말조심, 두 번째도 말조심이다 알았제?

"네, 알겠습니다."

-그래그래, 전화 끊는다.

"네, 들어가십시오."

서초동에 있는 한 한정식집.

진우는 먼저 자리에 나와 검찰총장을 기다리고 있었다.

진우는 며칠 전, 부장검사 김용환이 검찰총장을 만나러 간다는 얘기를 서필규에게 전해 듣고는 그 기회를 이용할 방법을 생각했다.

'부장이 총장에게 말했겠지.'

서필규를 통해 김용환에게 살짝 이야기를 흘려보라고 했는데, 김용환은 아주 충실하게도 총장에게 전한 것 같았다.

진우가 생각을 정리하고 있을 때 방문이 열리고 검찰총장 정무진이 들어왔다.

진우는 자리에서 벌떡 일어나 정무진을 향해 90도로 고개를 숙였다.

"총장님 안녕하십니까? 서울중앙지검 형사7부 소속 현진우입니다."

"하하하, 이 친구야, 다른 사람들 다 듣겠네. 고개 들어."

정무진의 말에 진우는 고개를 들었고, 정무진이 내민 손을 맞잡았다.

"정무진이다. 만나서 반갑다. 앉자."

정무진의 말에 두 사람은 자리에 마주 보고 앉았다.

"내가 왜 자네를 보자고 했는지, 부장한테 전해 들었나?"

"네, 부장님께 말씀 들었습니다."

"그래, 아직 한 사람이 안 왔으니, 밥은……."

정무진이 말을 하던 와중에 방문이 열리고 두 사람이 기다리던 남자가 방으로 들어왔다.

진우는 자리에서 일어나 고개를 숙였다.

"선배님, 오셨습니까?"

남자는 진우를 바라보고는 놀란 표정을 짓고는 앉아 있는 정무진 총장을 향해 고개를 숙였다.
"총장님, 처음 뵙겠습니다. 서부지검 이성모입니다."
"그래, 두 사람 다 자리에 앉지."
정무진의 말에 이성모는 진우의 옆에 와 앉았다.
"이 검사, 자네는 내가 왜 자네를 보자고 했는지 이해하지 못하겠지?"
"네, 잘 모르겠습니다."
"내가 오늘 현 검사에게 만나자고 하니, 현 검사는 자네도 불러야 한다더라고 하더군."
정무진의 말에 이성모는 슬쩍 진우를 바라보았다.
"자, 그럼 식사는 얘기부터 하고 시키도록 하지. 그럼 거두절미하고, 현 검사에게 먼저 묻겠네."
정무진은 진우를 바라보며 입을 열기 시작했다.
"이번 사건의 새로운 제보, 자네가 조성택 부장에게 들고 간 게 맞나?"
정무진의 입에서 자신이 모르는 얘기가 나오자 이성모는 놀란 표정으로 진우를 바라보았다.
"네, 맞습니다."
진우는 그렇게 말하며 테이블 위에 네모난 녹음기 하나를 올려놓았다.
"조성택 부장에게 제보를 전달하며 이런저런 걱정이 많

앉습니다. 혹시 나중에 저한테 잘못을 뒤집어씌울까 걱정도 되고…… 죄송합니다."

"조성택과의 대화를 녹음했단 말인가?"

"네…… 다시 한번 죄송……."

"아니야! 죄송은 무슨! 한번 틀어봐."

정무진의 말에 진우는 테이블 위에 올려둔 녹음기의 재생 버튼을 눌렀다.

[지금 가서 제보 글 지울 수 있겠지? 이거 터지면 남성훈 검사장도 그렇지만, 우리 검찰 조직은 어떻게 되겠나?]

녹음기에서는 조성택의 목소리가 흘러나오기 시작했고, 정무진과 이성모는 놀란 표정을 지으며 녹음기에서 흘러나오는 소리에 집중하기 시작했다.

[제보 글은 지우게 되면 제보자가 가만히 있겠습니까? 아무리 봐도 남성훈 검사장이 뇌물을 수수한 정황이 뚜렷합니다.]

[제보자에 대한 건 내가 알아서 할 일이고, 현 검사 네가 할 일은 아무 일 없다는 듯이 카페에 올라온 제보 글만 삭제하면 돼. 할 수 있어, 없어?]

[하지만…….]

[어허! 이번 모든 책임은 내가 질 테니 너는 가서 삭제만 하면 돼! 공은 내가 잊지 않겠네. 돌아가서 내가 말한 대로 해.]

"조성택이, 이 새끼가!"
 녹음기에서 흘러나오는 조성택의 목소리에 정무진은 꽉 쥔 손으로 테이블을 내려쳤다.
 "덮으려고 했던 놈이 왜 저렇게 변한 건지 자네는 알고 있나?"
 "그걸 아는 분을 모셔달라고 총장님께 말씀드렸습니다."
 "그게 무슨……."
 두 사람의 얘기를 지켜보던 이성모는 작게 한숨을 내쉬고는 입을 열었다.
 "그게 저인 것 같습니다."
 이성모의 말에 정무진은 고개를 돌려 이성모를 바라보았다.
 "이건 자네가 안다고?"
 "네. 저는 김정호 특별검사의 지시로 조성택 부장검사가 대검에 무엇을 보고하는지……."
 "대검을 표적으로 했군?"
 "죄송합니다……."
 이성모의 입에서 대검 얘기가 나오자 정무진은 불편한

듯 되물었지만, 어쩔 수가 없다는 듯 고개를 끄덕이며 입을 열었다.

"괜찮네. 어차피 우리는 보고받은 것이 없으니. 계속 말해봐."

"조성택 부장이 대검에 보고하는지 조사하기 시작했고, 특검팀 내부 사정을 보도한 기자를 만나 방금 녹음기에서 흘러나온 제보에 대해 들었습니다."

"그러곤?"

"특별검사에게 제보를 조성택이 덮은 것 같다고 얘기했고, 조성택에 대한 압수수색 영장을 권유했으나 특별검사가 거부했습니다."

정무진은 자신의 앞에 앉은 평검사 두 사람이 얘기해 온 것을 토대로 생각을 정리하기 시작했다.

"자네들 얘기를 모두 종합해 정리해 보면, 특별검사 김정호와 조성택이 무언가 짜고 이런 행동을 하는 거라고 생각되는데, 내 생각이 틀렸나?"

정무진의 물음에 진우와 이성모는 아무런 대꾸를 하지 않았다.

자신들이 생각해도 그것이 이치에 맞으니까.

"내가 어떻게 했으면 좋겠나? 자네 생각들을 얘기해 보지."

정무진의 말에도 두 사람의 입은 열리지 않았다.

"현진우 검사."
"네, 총장님."
"자네는 어떻게 했으면 좋겠나?"
"……."
"괜찮아. 그저 여러 사람의 생각을 듣고 싶을 뿐이니까."
 진우는 정무진의 입에서 저 말이 나올 때까지 기다렸었다.
 아무래도 처음부터 제 생각을 얘기하는 것보다는 마지못해 얘기한다는 쪽이 더 나았으니까.
"조성택 부장검사는 계속해서 언론 플레이를 하며 우리 조직이 썩은 것처럼 얘기해오고 있습니다."
"그렇지."
"반대로 돌려주는 게…… 어떨까 싶습니다."
"언론 플레이를 하잔 말인가?"
"네. 그리고 특검은 곧 수사 기간이 끝납니다. 특별검사와 사건을 덮으려 했던 특검보 간의 커넥션…… 아직 남성훈 검사장을 구속만 했지, 기소는 못 한 특검팀은 수사 기간 연장을 못 하게 되겠죠."
 진우의 말에 정무진은 흥미롭다는 표정을 지었다.
"그렇게 되면 사건은 우리에게 넘어오겠군."
"네. 조직을 살리기 위해서라면, 넘겨받은 사건을 충실히 수사해 우리 손으로 남성훈 검사장을 일벌백계해야 합니다. 그것이 현 상황에서 조직의 이미지를 바꿀 수 있는 유일한 방법이고요."

"좋아! 이성모 검사, 자네 생각은 어때?"

"죄지은 사람들을 모두 벌할 수만 있다면 나쁘지 않은 생각 같습니다. 제게 맡겨 주신다면 열심히 해보겠습니다."

"자네가?"

이성모의 말에 진우 또한 놀란 표정으로 이성모를 바라보았다.

검찰총장과의 식사는 어느새 술자리로 변했고, 끝이 날 줄을 몰랐는데, 정무진은 무엇이 그리도 신이 난 것인지 진우와 이성모를 놓아주지 않고 있었다.

"어우, 술 너무 많이 마시면 안 되는데."

진우는 화장실에 간다는 핑계로 잠시 자리를 비우고는 세면대에 서서 연거푸 세수해 댔다.

그때, 화장실 문이 열리고는 한 남자가 들어왔다.

"너, 뭐냐?"

진우는 들려오는 목소리에 고개를 드니, 이성모가 자신을 보며 서 있었다.

"너, 처음부터 그런 제보가 있었으면서 왜 내 앞에서 그런 연기를 한 거지?"

"연기라니요?"

"그날 식당에서 아무것도 모르는 척 나에게 말을 걸었던 거 말이다."

"그렇게 하지 않으면 검사님은 제 말을 듣지 않으셨겠죠. 선배님의 의심을 지울 방법은 그것뿐이었습니다."

진우는 페이퍼 타월을 뽑아 손을 닦으며 이성모를 바라보았다.

"선배님, 제가 주제넘은 말씀 한마디만 올리겠습니다. 너무 깊게 생각하지 마세요. 저는 무너져 가는 조직을 지켜서 좋은 거고, 선배님께서는 나쁜 놈들 처벌할 수 있어서 좋은 거고. 그렇게만 생각하셨으면 합니다."

"그게 네 진심이냐? 겨우 조직을 구하기 위해서 그랬다는 게?"

"예. 저는 조직을 위해서 살기로 했거든요. 저는 선배님처럼 모질지 못한가 봅니다. 이 사람한테 들이받고, 저 사람한테 들이받아서 결국, 세상에 혼자 남고 싶지 않거든요."

진우는 그렇게 말하고 발걸음을 옮기다 무언가 떠올랐는지 뒤를 돌아보곤 이성모를 향해 입을 열었다.

"참, 선배님. 총장께 부탁하셔서 사건을 따내는 모습을 보니 보기 좋더군요. 축하드립니다."

진우는 그렇게 말하고는 자신을 바라보는 이성모를 뒤로하고 화장실 밖으로 발걸음을 옮겼다.

CHAPTER 2

"특별검사님 오셨습니까?"

"그래, 조성택 특검보는 어디 갔나?"

사흘 후, 스폰서 검사 특검팀에서는 수사 기간 연장을 요구하는 기자회견이 예정되어 있었다.

특별검사 김정호는 직접 기자회견을 진행하기 위해 특검 사무실 한쪽에 준비된 기자실 앞에서 다른 특검보들의 인사를 받고 있었다.

"곧 오실…… 아, 저기 오시네요."

먼 곳에서 걸어오던 조성택은 김정호와 눈이 마주치자마자 빠른 걸음으로 다가와 고개를 숙였다.

"특별검사님, 늦었습니다."

"아니야. 아직 기자회견 1분 남았네. 자, 들어갈까?"

김정호와 특검보 네 사람이 기자실로 들어서자 이미 대

기하고 있던 사진 기자들은 그 모습을 담기 위해 연신 셔터를 눌러댔다.

김정호가 단상 옆에 서서 고개를 숙여 인사하자 뒤편에 서 있던 특검보들 또한 고개를 숙였다.

"존경하는 국민 여러분, 본 특별검사 팀은 검사 등의 불법 자금 및 향응 수수 사건 진상규명을 위한 특별검사의 임명 등에 관한 법률에 따라, 지난 9월 출범하여 54일간의 수사를 진행했습니다."

회견문을 읽어 내려가던 김정호가 고개를 들어 정면을 바라보니 카메라 플래시 불빛들이 그를 향해 쏟아지듯 터지기 시작했다.

"수사 대상인 남성훈 검사장에 대한 구속영장을 법원으로부터 발부받아 남 검사장을 구속하였지만, 워낙 의혹이 방대하고 연루된 대상자의 수가 많아, 1차 수사 기간 종료일 안에 수사를 마무리하지 못했습니다."

김정호는 송구스럽다는 말투와 표정으로 회견문을 계속해서 읽어 내려갔다.

"특히, 핵심 피의자인 남성훈 검사장에 대한 수사는 여전히 끝나지 않았으며, 기소조차 못 한 상황으로 수사 기간을 내달 25일까지 30일 연장을 요청하는 신청서를 금일 대통령께 제출하였습니다."

김정호는 고개를 들고 정면에 있는 TV 생중계 카메라를 바라보며 말을 이어나갔다.

"수사의 총책임자로서 그간 수사에 미진했던 모습에 국민 여러분께 사과의 말씀을 전하며, 수사 기간이 연장된다면 한 치의 의혹도 남기지 않는 철저한 수사를 하도록 하겠습니다."

회견문을 다 읽은 김정호는 고개를 숙여 인사를 했다.

"자, 기자 여러분. 질문받도록 하겠습니다. 지명되신 기자께서는 소속과 성함을 말씀하신 후 질문 부탁드리겠습니다."

특검의 공보 특검보 이건일의 진행이 있자, 여러 명의 기자가 질문을 원하는 듯 손을 들었고, 이건일은 그중 한 명을 지목했다.

지목당한 기자는 마이크를 들고 김정호를 바라보았다.

"고려일보 사회부 기자 김지훈입니다. 저희 고려일보에서 파악한 정보로는 조성택 특검보께서 남성훈 검사장에 대한 새로운 제보를 숨기려 한 시도가 있었던 것으로 알고 있습니다. 그로 인해 수사 기간이 늦어진 것입니까?"

기자의 질문에 특별검사 김정호와 뒤에 서 있던 특검보 조성택의 눈가는 파르르 떨리기 시작했다.

"하하, 조 특검보, 그런 적 있습니까?"

김정호는 금세 표정을 관리하고는 뒤를 돌아보며 조성택에게 물었다.

"그런 적 없습니다."
"그런 적 없다고 합니다. 그럼 다음 분."
 김정호는 의혹을 숨기려는 듯 재빠르게 다음 기자를 지목했지만, 질문한 기자는 다시 입을 열기 시작했다.
"두 분께서는 정말 남성훈 검사장에 대한 사건을 덮으려고 했던 적이 없다는 말씀입니까?"
"하하, 기자님. 조성택 특검보도 그런 일이 없었다고 말했고, 제가 아는 한도 내에서도 그런 적 없습니다."
 김정호가 웃으며 얘기해 오자, 기자는 확실하게 물었다는 듯 주머니에서 녹음기를 꺼내 재생 버튼을 누르고는 마이크를 가져다 댔다.

 [지금 가서 제보 글 지울 수 있겠지? 이거 터지면 남성훈 검사장도 그렇지만, 우리 검찰 조직은 어떻게 되겠나?]

 기자실 내의 스피커를 통해 녹음된 조성택의 목소리가 흘러나오자 순식간에 기자실에 있던 기자들은 웅성거리기 시작했다.

 [어허! 이번 모든 책임은 내가 질 테니 너는 가서 삭제만 하면 돼! 공은 내가 잊지 않겠네. 돌아가서 내가 말한 대로 해.]

"조성택 특검보님 목소리 같은데요?"

기자가 웃으며 묻자 특별검사 김정호는 당황한 표정으로 기자를 바라보았다.

"그, 그게……."

김정호는 당황한 듯 말을 더듬다 조성택을 바라보며 인상을 썼고, 조성택 또한 당황한 표정으로 가만히 서 있었다.

"조성택 특검보님께 질문드리겠습니다. 수사를 덮으려 했던 시도가 있었던 걸로 보이는데, 다시 수사를 진행한 데에 있어서는 김정호 특별검사와 어떤 얘기가 오갔는지……."

기자의 질문이 계속되자 부들부들 떨던 김정호는 단상을 한 번 내려치고는 기자실 밖으로 나가버렸다.

이 그림을 놓칠세라 사진 기자들은 연신 카메라 셔터를 눌러댔고, 취재 기자들은 빠르게 노트북 자판을 두들기며 기사를 송고하기 시작했다.

"으아아악!"

특별검사실로 돌아온 김정호는 화를 주체하지 못하는 듯 책상 위에 있는 모든 집기를 바닥으로 던져 버렸다.

"트, 특별검사님."

앞에 서서 걱정이 되는 말투로 자신을 불러오는 조성택

을 바라본 김정호는 화가 가라앉지 않은 표정으로 말을 쏟아대기 시작했다.

"야! 조성택 이 새끼야! 너는 네가 한 말이 녹음되는지도 몰랐어! 너 검사 짬밥 허투루 먹었냐고!"

"죄, 죄송합니다."

"누구야? 어떤 새끼가 저 녹음을 했냐고!"

"제게 처음으로 제보를 가지고 온 초임검사 같습니다."

"초임검사?"

"예…… 공보팀으로 발령받은 초임이 하나 있는데, 카페에 올라온 제보를 제게 가지고 왔습니다."

"그걸 왜 인제야 이야기해!"

"그, 그게…… 게시글도 이미 지웠고, 녹음본이 있다고는 생각도 못 했습니다. 죄송합니다."

김정호는 치밀하지 못한 조성택의 일 처리에 화가 머리 꼭지까지 치밀어 '쾅' 하고 책상을 내려쳤다.

"이거 어떻게 수습할 거야?"

"일단 녹음된 것이 조작되었다고 하면……."

"야!"

조성택의 말에 김정호는 책상 위에 있는 서류를 한 움큼 집어 들어 조성택을 향해 던졌다.

"그걸 말이라고 해? 자네 사퇴해."

조성택은 김정호의 입에서 예상하지 못한 말이 나오자

고개를 들고 김정호를 바라보았다.

"지금 이 특검이 계속 수사를 할 수 있는 방법은 네가 책임지고 사퇴하는 방법밖에는 없다고!"

"그, 그렇게 되면 저는 어떡합니까?"

"네 실수야, 당연히 네가……."

"특검님! 저는 이대로 검찰로 돌아가면 조직 내의 배신자 소리밖에 못 듣습니다! 그리고, 옷을 벗어도 수사를 덮으려 했던 검사 이미지 때문에 아무것도 할 수 없습니다."

조성택은 이대로 그만둘 수는 없었다. 이대로 특검에서마저 물러난다면 자신이 혼자 독박 쓰는 거나 다름없었다.

"그래도 방법은 오직 그거뿐이야."

단호한 김정호의 말에 조성택은 표정을 굳히고는 김정호를 바라보았다.

"제가 혼자 죽을 것 같습니까?"

"뭐?"

"처음부터 모든 걸 특검님께서도 아셨지 않습니까? 그래서 이성모를 쳐내고 저와 손을 잡지 않았냐는 말입니다!"

조성택은 끝까지 말을 이어가지 못했다. 자신의 얼굴로 다시 한번 서류 뭉치가 날아들었기 때문이다.

"너, 이 새끼 지금 뭐라고 했어? 네가 처음부터 제보를 덮지 않고 나한테 가져왔으면 지금 이렇게 될 일도 없었어! 아니! 멍청하게 고검 부장씩이나 되어서 초임검사한테 녹취를 당하는지도 몰랐던 자네 때문에 일어난 일이라고!"

김정호가 씩씩거리며 조성택을 향해 정제되지 않은 말을 내뱉고 있을 때, 갑자기 특별검사실의 문이 열리며 당황한 표정의 직원이 서 있었다.

"트, 특검님. 지금 검······."

직원의 말이 끝나기도 전에 이성모가 불쑥 사무실로 찾아 들어왔다.

"이 검사, 자네가 무슨 일이야? 분풀이하려고 왔거든 다음에 와."

김정호는 지금 상황에서 이성모와 말다툼할 시간이 없다는 듯 이성모를 향해 나가라는 손짓을 했다.

"내 말 안 들리나? 자네 원청 복귀하라고 명령했지 않나? 나가!"

김정호가 이성모를 향해 그렇게 소리치고는 이성모를 바라보자 이성모 뒤로 한 무리의 남자들이 우르르 사무실로 쏟아져 들어왔다.

"너희들 뭐야!"

"2010년 10월 22일 자로 서울서부지방법원에서 발부된 압수수색 영장입니다. 조성택 특검보님에 대한 압수수색 실시하도록 하겠습니다."

이성모는 굳은 표정으로 조성택의 앞에 서서 압수수색 영장을 펼쳐 보였다.

"휴대전화 주시죠."

이성모의 말에 조성택은 부르르 떨며 가만히 서 있었고, 그 모습을 바라보던 특별검사 김정호는 이성모를 향해 소리를 질렀다.

"너! 지금 무슨 짓이야! 여기가 어디라고!"

김정호의 노성에 이성모는 뒤를 돌아 김정호를 바라보았다.

"교수님, 아쉽습니다. 특검 전체에 대한 압수수색 영장을 준비하려고 했는데, 시간이 부족해서 말입니다. 조금만 더 기다려 주십시오."

이성모는 웃으며 김정호에게 말하고는 수사관들을 바라보았다.

"조성택 특검보 휴대전화 확실하게 입수들 하시고, 다른 분들은 저와 함께 수사팀 사무실로 가시죠."

이성모는 그렇게 말하고는 특별검사 사무실을 나가 버렸고, 김정호는 그 자리에 가만히 서서 두 주먹을 꽉 쥐고는 부들거렸다.

「'스폰서 검사' 특검, 오히려 사건의 제보 덮어? 조성택 특검보, 제보자 협박 의혹.」

「시민 단체, 조성택 특검보 고발…… 대검찰청 서울서부지검에 사건 배당.」

「사상 초유의 특검보 압수수색, 서울서부지법 압수수색 영장 발부.」

「정무진 검찰총장, 한 치의 의혹도 없어야. 직접 수사지휘?」

「특검과 검찰의 충돌…… 예견된 수순.」

「청와대, 특검의 수사 기간 연장 신청 반려(1보)」

진우는 포털사이트의 기사들을 확인하고 있었다.

'결국, 너도 나쁜 놈, 쟤도 나쁜 놈 식의 여론이 만들어졌네.'

여론은 검찰과 특검 모두를 비난하기 시작했고, 정치권에서도 자신들의 정쟁에 의해 만들어진 특검을 비난하고 나섰다.

'다행인 건 우리한테는 수습할 기회가 있다는 거지.'

그나마 다행인 것은, 검찰은 이번 사건을 넘겨받아 남성훈과 조성택 등에게 적당한 처벌을 내린다면 이미지를 반전할 수 있는 일말의 기회라도 있다는 것이었다.

그렇게 생각을 정리한 진우는 특검 공보팀 사무실을 둘러보았다.

특검보인 이건일은 기자들을 상대하느라 사무실을 비웠

고, 사무실 내부도 분위기가 축 처져 있었다.

'오늘이 마지막인가.'

특검 수사 기간 연장이 불발되었기 때문에 내일부터는 다시 서울중앙지검으로 복귀해야 했다.

'나쁘지 않은 마무리네.'

진우는 처음에는 예상하지 못했던 여러 가지 일들이 있었지만.

사건을 덮고 마치 자신은 깨끗한 사람인 척 떠들던 조성택과 특검의 임무보다는 다른 생각을 가지고 있던 김정호.

'그리고 사건을 덮기에만 급급했던 우리 조직까지.'

진우는 모든 것을 원래 자리로 되돌릴 수 있어 만족스러웠다.

진우는 책상을 정리하고는 자리에서 일어나 사무실 밖으로 발걸음을 옮겼다.

다음 날, 진우는 약 두 달 만에 서울중앙지검으로 출근하고 있었다.

오랜만에 보는 중앙지검이 반가워 괜스레 건물 앞에 서서 올려다보았다.

그때, 누군가가 진우의 목을 팔로 감싸고는 반가운 척을 해왔다.

"검찰의 수호자 오셨고만!"

진우는 들려오는 익숙한 목소리에 웃으며 고개를 들었다.

"선배, 오랜만에 뵙습니다."

"오랜만은 무슨, 어제도 통화해 놓고."

"그래도 얼굴은 3주 만에 뵙는 것 같습니다."

"뭐야, 벌써 그렇게 됐냐?"

서필규는 날짜를 계산하는 듯 가만히 고개를 위로 들고 서 있었고, 진우는 그 모습을 보면서 피식 웃었다.

"대충 그 정도 된 거 같네. 들어가자."

서필규의 말에 두 사람은 나란히 서서 지검 안으로 발걸음을 옮기기 시작했다.

"요 며칠 선배, 동기 안 가리고 너에 대한 질문 엄청나게 받는다. '네가 현진우 가르쳤다며? 어떤 애냐?'라고 질문들 엄청나게 해와."

"저에 대해서요?"

진우는 놀란 표정으로 서필규를 바라보았다.

"그래, 네가 한 녹취록이 분위기를 확 뒤엎었잖아. 그거 뭐냐? 스모킹 건!"

"스모킹 건까지야……."

"네가 파견 나가서 잘 몰라서 그래. 진짜 근 한 달 동안 조직 분위기가 말이 아니었다니까? 처음엔 조성택 욕 막

하다가, 총장을 탓하는 여론까지 생겼었다고."

서필규의 말에 진우는 고개를 끄덕였다.

아무래도 모든 악의 근원이 검찰로 되어가고 있었으니까.

"조성택이 계속 내부 총질하는 인터뷰 한번 할 때마다 사기가 푹푹 꺾여 나갔어. 이럴 거였으면 남성훈을 지키지 말고 쳐내야 했던 게 아닐까 하고 모두가 생각할 때쯤, 네가 조성택과 한 대화의 녹취록에 딱! 게임 체인지!"

서필규는 뭔가 뿌듯한 표정으로 진우를 바라보았다.

"그것도 특검 수사 기간 연장 발표 자리에서 말이야. 당황하던 김정호, 조성택의 얼굴을 TV로 봤는데, 속이 다 시원하더라."

뭐가 그리도 신나는지 서필규는 계속해서 말을 이어나갔다.

"나는 네가 그 제보에 대해서 나한테 얘기했을 때 속으로는 '이 새끼, 조직 터뜨리러 갔나?' 싶었는데, 마무리는 조직을 지키는 게 되어버렸잖아. 참 신기해."

서필규는 고개를 돌려 진우를 바라보았다.

"예상한 거지?"

"그럴 리가요."

"에이, 내 앞에서는 겸양 떨 필요가 없어. 내가 그동안 봐왔던 현진우는 사소한 행동 하나에도 의미가 있었던 놈이라고."

"예상했다기보다는…… 상황이 어떻게 돌아갈지 모르니 안배했다고 하면 믿으시겠습니까?"

"그래, 예상한 거네."

진우는 네 얘기는 듣지 않는다는 듯 말해오는 서필규의 답변에 피식 웃음이 터졌다.

"그나저나, 너 괜찮겠어?"

"뭘 말씀입니까?"

"사람들 눈에 띄고 싶지 않다고 사건을 나한테 넘겼었잖아. 그런데 이제 조직 모두가 너를 알게 되었는데 버틸 수 있겠어?"

"제가 뭘 한 게 있다고요."

"눈 있으면 저기 앞을 좀 봐라."

그 말에 진우는 정면을 바라보았는데, 지나가는 모든 사람이 자신을 바라보며 '쟤가 걔야?'라며 서로 속삭이는 것 같았다.

"다들 너 보면서 뭐라고 떠드는 거 같지 않냐?"

서필규의 말이 절대 과장된 것이 아님을 진우 또한 느꼈다.

"근데 뭐, 네가 작아질 필요가 있겠냐? 당당히 어깨 펴고 즐겨!"

진우도 알고 있었다.

지금은 진우를 향한 저 관심들이 얼마 지나지 않으면 시들시들해질 것이란 걸 말이다.

서필규의 말마따나 지금 현실을 즐기는 게 낫다고 판단한 진우는 웃으며 걸었다.

"예, 얘가 현진우예요. 그 초임검사 맞아요. 형사7부."

엘리베이터에 올라타자 모든 시선이 진우로 향했는데 서필규는 마치 양반의 행차를 안내하는 시동처럼 남들에게 진우를 소개했다.

"선배…… 그만 좀……."

"즐기라니까?"

"지금 선배가 즐기시는 것 같은데요……. 왜 부끄러움은 제 몫일까요."

진우는 엘리베이터 구석에 서서 모든 이의 시선을 한 몸에 받는 것이 부담스러운 듯 고개를 숙였다.

"오야, 어서 온나."

진우가 부장검사실로 들어서자, 한참 결재 서류들을 살피던 김용환은 자리에서 벌떡 일어나 진우를 향해 다가와 손을 내밀었다.

"부장님, 그동안 잘 지내셨습니까?"

진우는 김용환의 손을 맞잡고는 고개를 숙여 인사를 했다.

"하하하, 니 덕분에 잘 지냈지. 자자, 그렇게 있지 말고 저기 가가 앉자."

김용환은 진우의 손을 잡고는 부장검사실 한가운데에 있는 소파로 자리를 옮겼다.

"그래, 이번에도 큰 사고 함 쳤는데. 기분이 어떻나?"

"잘 모르겠습니다. 다들 잘했다고 해주시니 그저 기분 좋은 정도입니다."

"그래, 지금 그 기분을 좀 즐기라. 그래도 돼! 골치 아픈 일을 처리했는데, 좀 건방져도 된다."

김용환은 껄껄 웃으며 인자한 표정으로 진우를 바라보았다.

"처음에는 검사 딱지 이제 단 놈한테 사건만 가면 크기가 커져 가지고, '아, 우리 부서에 폭탄 하나 들어왔나' 했더니, 알고 보니 복덩이가 넝쿨째로 굴러들어 온 거였네."

진우는 칭찬을 즐기자고 마음먹었지만, 김용환이 대놓고 칭찬을 해오니 몸 둘 바를 모르겠다는 듯 어색한 웃음을 지었다.

"어쨌거나, 총장님께서 네 칭찬을 많이 했다. 네가 경험만 좀 있었어도, 이성모 자리를 네가 맡았어야 했는데."

김용환은 현재 수사 담당 검사가 이성모인 것이 마음에 들지 않는다는 말투로 진우에게 말해오고 있었다.

"이성모가 김정호캉 조성택이 연결 고리를 풀었다는 건

알겠다만 서도, 이게 다 네가 한 녹취가 없었으면 우리는 눈 뜨고 당했을 일 아이가? 근데 모든 시선이 지금 이성모한테 향한 게 말이 되나!"

"저는 부장님께서 알아주시는 것만으로도 감사할 따름입니다."

마치 진우를 위로해 주겠다는 듯 과장된 말투로 말해오던 김용환은 진우의 답이 마음에 든다는 듯 연신 고개를 끄덕였다.

"그래? 그라모 내가 좀 많이 칭찬을 해주야겠네."

김용환은 그렇게 말하며 자리 옆에 있는 작은 서랍을 열고는 흰 봉투 하나를 꺼내 진우에게 건넸다.

진우는 설마 하는 마음으로 봉투를 바라보았는데 그 모습을 지켜보던 김용환은 크게 웃기 시작했다.

"하하하, 인마야. 그거 돈 아이다. 걱정하지 말고 열어봐라."

마치 자신의 마음을 읽은 것 같은 김용환의 말에 진우는 다행이라는 생각으로 봉투를 열어보았다.

[자랑스러운 경북고 인의 밤]

"이건……."

"우리 모교 총동문회 초대장이다. 그거 그래 봬도 줄 서서 구할라는 인간들 많다. 아나?"

모를 리가 없다.

진우의 모교는 나름 몇십 년 전까지만 해도 지역의 수재들만 모아둔 학교였다.

모교 졸업생들은 지금 사회적으로 높은 지위에 올라간 졸업생들이 많았고, 그로 인해 뭔가 콩고물이 떨어질 거 없나 찾는 사람들이 지금 진우의 손에 있는 총동문회 초대장을 구하려 애썼다.

"그게 우스워 뵈도, 그거 없으면 아무리 우리 학교 출신이라고 해도 행사장 안에 드가지도 못한다."

"그렇습니까?"

"그래, 내가 그거 한 장 더 구한다고 애썼다 아이가. 내가 저번에 이번 연말 총동문회 때 니가 내 수행해라 캤던 말 기억하나?"

"네. 회의 때 그렇게 말씀하셨죠."

"그래, 근데 상황이 달라졌다 아이가. 수행이 아이라 니도 당당하게 동문회 초대받은 기다."

진우는 자신을 향해 뭔가 뿌듯한 듯 얘기해 오는 김용환과 눈이 마주쳤고, 이럴 때 진우가 해야 할 일은 오직 한 가지뿐이었다.

"감사합니다."

진우는 자리에서 벌떡 일어나 허리를 90도로 접어 김용환에게 감사 인사를 전했고, 김용환은 그 모습을 보고는 뿌듯함을 감추지 못했다.

"하하, 그래 좋나?"

"네. 저를 위해서 따로 구해주신 거 아닙니까?"

"큼…… 니가 알아주니 얘기하는 긴데. 아따, 고교평준화 이후 졸업생한테는 잘 안 줄라 카는 기라. 그래가 내가 보증 선다 카고 한 장 얻어왔지. 거기 가면 인생에 도움 될 선배들 참 많이 만날 끼라."

김용환이 저리 자신 있게 얘기하는 이유가 있었다.

모르긴 몰라도 총동문회 자리에는 돈 많은 사람부터 국회의원을 비롯해 판검사, 의사 등등 분명 알아두면 도움 될 만한 사람들이 자리할 것이기 때문이다.

"어쨌든, 시간이 없어도 내라. 알았나?"

"예, 알겠습니다. 다시 한번 감사드립니다."

"그래. 참, 그리고 우리 부서에 몇 놈 새로 들어왔는데, 네가 그래도 막내니까 먼저 찾아가서 인사하고. 알았나?"

아무래도 윤철주 부부장과 주성민 검사의 전보로 난 자리를 누군가가 채운 것 같았다.

진우는 이전에도 이런 시간을 싫어했다.

물론 지방 순환 보직 원칙에는 동의하지만, 2년마다 새로운 사람을 만나 사귀는 것이 영 불편했기 때문이다.

"네, 알겠습니다."

"그래, 이제 가가 일 봐라. 당분간은 네 사건은 좀 적게 배당해 줄 테니 있는 사건 하면서 감 잡고."
"배려해 주셔서 감사합니다."
진우는 고개를 숙여 김용환에게 인사를 하고는 부장검사실을 나섰다.

2010년 12월.
어느덧 진우가 돌아온 지도 만으로 1년이라는 시간이 지나가고 있었다.
연말을 맞아 몰려드는 사건의 마감에 눈코 뜰 새 없었지만, 오늘은 시간을 내야 했다.

-백화점 가가 옷 좀 좋은 거 사 입고 오고!

자신을 향해 신신당부하던 부장검사 김용환의 말에 진우는 두 번의 인생 통틀어 처음으로 백화점에 가서 슈트도 새로 맞춰 입은 상황이었다.
서울에 있는 한 호텔의 연회장.
입구부터 커다랗게 '자랑스러운 경북고 인의 밤'이라고 적힌 커다란 현수막이 걸려 있었다.

누가 봐도 이곳에서 진우의 모교 동문회가 열리는 것을 알 수 있었다.

"초대장 확인하겠습니다."

진우가 행사장 문 앞으로 다가가자 호텔의 직원인 것처럼 보이는 사람이 초대장을 확인해 왔다.

진우는 품속에 고이 모셔둔 초대장을 꺼내 보여주었다.

"네, 확인했습니다. 저기 방명록에 본인 성함과 연락처 적어주시고 입장하시면 됩니다."

호텔 직원이 안내하는 대로 진우는 방명록에 이름과 연락처를 기록하고는 행사장 안으로 들어섰다.

"와우."

진우의 입에서는 놀랍다는 듯 감탄사가 흘러나왔는데, 그도 그럴 것이 연회장의 규모에 첫 번째로 놀랐고, 마치 드라마에서 보았던 것 같은 연회장의 풍경에 두 번째로 놀랐다.

"드시겠습니까?"

한참 연회장을 둘러보느라 정신이 팔린 진우의 앞에 호텔 직원이 여러 잔의 샴페인이 올려진 서빙용 쟁반을 들고 서 있었다.

"고맙습니다."

진우는 웃으며 인사를 하고는 연회장의 한쪽 편에 섰다.

"어이, 현 프로!"

그때, 연회장의 입구에서 부장검사 김용환이 진우를 향해 손을 흔들며 들어오고 있었다.
 "부장님, 오셨습니까?"
 "아이고야, 그래. 일찍 왔네? 보자, 옷도 새로 사 입고 머리도 넘기고 하이 훤칠하네. 앞으로 이래 댕겨라."
 김용환의 말에 진우는 피식 웃었다.
 "자, 가자. 한 명 한 명 소개해 줄꾸마."
 진우는 김용환에 손에 이끌려 학교 선배라 일컬어지는 양반들에게 인사를 다녔다.
 아무래도 이 자리에 있는 사람 중 제일 젊은 진우다 보니 질문이 끊이지가 않았다.
 "김 부장!"
 한참 김용환과 진우가 동문을 만나며 인사를 하고 있을 때 멀리서 한 남자가 김용환을 부르며 다가왔고, 김용환은 진우만 볼 수 있을 정도로 고개를 살짝 숙이고는 작은 한숨을 내쉬더니, 금세 표정을 바꿔 남자에게 다가갔다.
 "아이고, 마 회장님. 오랜만입니더."
 김용환은 접대용 미소를 지으며 남자에게 다가가 손을 맞잡았다.
 "그래, 잘 지냈지?"
 "아이고, 선배님 덕분에 잘 지냈지요. 선배님은 요즘 사업 잘되신다면서요? 얘기 전해 들었습니다."

김용환의 말에 상대방은 즐겁다는 듯 껄껄 웃으며 입을 열었다.

"사업이야 너무 잘 되고 있지. 옆에 계신 젊은 분은 누구신가? 사업하시는 분인가?"

"아이고, 선배님. 그래 보입니까? 검사라예, 검사! 참, 내 정신 좀 봐라. 현 검사, 인사드리라. 여기는 우리 학교 선배이신 마영일 회장님이다."

김용환의 소개에 진우는 인자한 눈빛으로 자신을 바라보고 있는 마영일에게 고개를 숙였다.

"안녕하십니까? 80회 현진우입니다."

"아이고, 80회면 까마득한 후배네. 반가워요, 나는 57회 마영일이라 합니다."

"말씀 편하게 하셔도 됩니다."

"그럴 수 있나? 검사님이면 영감님인데. 하하하."

마영일의 말에 김용환도 크게 웃으며 입을 열었다.

"선배님, 현 검사가 이번에 우리 조직에 큰일을 해가지고요. 총장이 우째 그래 칭찬을 하는지, 인마 덕분에 지도 칭찬을 받았다 아입니까."

"하하, 그래?"

김용환의 칭찬에 마영일은 흥미롭다는 눈초리로 진우를 바라보았다.

"현 검사, 자네. 결혼은 했고?"

대뜸 물어오는 마영일의 물음은 어찌 보면 실례일 수도 있었지만, 진우는 신경 쓰지 않는다는 듯 웃으며 입을 열었다.

"아직입니다. 아무래도 초임이다 보니……."

"초임? 그럼 올해 검사 임관한 건가?"

"네, 그렇습니다."

"그런데 우리 김 부장도 그렇고, 검찰총장 눈에까지 든 걸 보면 난 사람이구먼. 허허허."

진우는 마치 눈에 콩깍지라도 낀 사람처럼 자신을 바라보는 마영일의 눈빛이 부담스러웠다.

"아직 결혼도 안 했고, 앞길이 창창한 검사라니. 내 딸이라도 주고 싶구먼."

"선배님 딸도 있습니까?"

김용환은 신기하다는 듯 마영일에게 물었다.

"그래, 이번에 외국 음대 유학 마치고 들어온 딸이 있어."

"아이고, 그래도 진우는 좀 힘들 낍니다. 워낙 여기저기서 서로 데리고 갈라 캐서요. 현 검사, 안 글나?"

김용환은 진우를 바라보며 한쪽 눈을 여러 차례 깜박였고, 그 모습을 본 진우는 대답 대신 김용환의 말이 맞다는 듯 웃으며 고개를 끄덕였다.

"그렇겠지. 내가 이리도 탐나는데 말이야. 현 검사, 그래도 명함 한 장은 받을 수 있겠지?"

검찰청
망나니

마영일의 말에 진우는 품속에서 명함 지갑을 꺼내 명함을 건넸다.

 진우의 명함을 받아 든 마영일은 만족스러운 듯 자신의 명함도 꺼내 진우에게 건넸는데, 명함을 받아 든 진우의 표정은 놀랍다는 표정을 지었다.

 "하하, 이 친구 왜 놀라나?"

 진우의 표정을 본 것인지 마영일이 물어오자, 진우는 금세 놀란 표정을 감추고는 입을 열었다.

 "최근 기사로 많이 본 회사인데, 그곳의 회장님이 제 앞에 계신다는 게 놀랍습니다."

 "하하하, 이 친구 말솜씨도 제법이야. 나중에 시간 한번 내지. 내가 우리 고등학교 후배에게 밥 한 끼 사주고 싶은데, 괜찮지?"

 "네. 연락 주시면 최대한 시간 잡아보도록 하겠습니다."

 "그래, 나는 저기 정 의원님한테 인사드리러 가 봐야겠네."

 마영일은 그렇게 말하며, 연회장 한편에 있는 국회의원을 지목했다.

 "김 부장, 나중에 봄세. 우리 현 검사도 나중에 보자고."

 "네, 선배님. 드가이소."

 "안녕히 가십시오."

 진우와 김용환은 동시에 마영일에게 고개 숙여 인사를

했다.

마영일이 두 사람의 곁을 떠나자 김용환은 진우를 데리고 조용한 구석으로 갔다.

"마 회장 명함, 이리 주바라."

김용환의 말에 진우는 손에 쥐고 있던 마영일의 명함을 건넸다.

진우에게 명함을 건네받은 김용환은 있는 힘껏 명함을 찢고는 속이 시원하다는 듯 입을 열었다.

"에레이, 사기꾼 명함은 잘 찢어지지도 않아요. 저 양반 연락 오거든 받지 마라. 알았나?"

"네, 알겠습니다."

김용환은 진우의 대답에 놀란 표정을 지었다.

"와 그래야 하는지는 안 궁금하나?"

"궁금은 하지만, 저보다 부장님께서 마 회장님을 많이 겪어보셨으니, 그리 말씀하시는 거 아니겠습니까?"

진우의 답에 김용환은 마음에 든다는 듯 껄껄 웃으며 진우의 어깨를 두드렸다.

"니도 조금 전에 마 회장 회사에 관한 기사 봤다 캤제?"

"네. 영일축산 아닙니까? 신문 지면 광고도 자주 보이고요."

"그래, 뭐라더라? 어미 소 한 마리에 투자하면 새끼 한 마리 낳을 때마다 수익금 준다 카던가? 그게 말이가? 소가 무슨 새끼를 수십 마리 까는 것도 아니고, 전형적인 다단계지."

마영일은 축산 업체의 회장이었는데, 회사 규모는 몰라도 최근 많은 돈이 그의 회사로 몰리고 있다는 건 진우도 알고 있었다.

김용환의 말마따나 어미 소에 투자하면 새끼를 낳을 때마다 수익금을 분배해 주는 형식이었는데…….

'이전과 똑같다면 결국, 투자 사기로 고발당하겠지.'

그 이유 때문에 마영일에게 명함을 건네받은 진우의 표정은 놀랄 수밖에 없었다.

진우가 아는 바로는 영일축산의 실체는 새로운 투자금을 받아 이전 수익을 챙겨주는 전형적인 피라미드 사기 업체였다.

"지도 지가 구린 거 알아가지고, 검사 사위 구하고 싶어가, 여기저기 줄 댄다 카더라. 조심해라. 얻어묵어도 되는 밥이 있고, 아닌 밥이 있는 기라. 마영일이한테 얻어묵는 밥은 말이다……."

김용환은 말을 멈추고는 손을 자신의 목에 가져다 대고는 꽉 잡았다.

"목숨 줄 꽉 물리는 기라. 봤제? 바로 알랑거리매 국회의원한테 다가가는 거? 전형적인 사기꾼이다. 내처럼 앞에서는 웃으며 살살거리도, 따로는 만나지 마라."

김용환의 말처럼 정말 친분으로 인해서 밥을 얻어먹는 것이 아닌 이상, 마영일과 같은 인물과는 엮이지 않는 것이 좋았다.
　그저 밥 한 끼가 가져다주는 후폭풍을 생각해야 했다.
　"예, 알겠습니다."
　"그래, 마영일이 보고 나이 기분 잡쳤다. 맛있는 거나 묵으러 가자."
　김용환이 그렇게 말하며 뷔페 음식이 가득한 곳으로 발걸음을 옮겼고, 진우는 자신을 걱정해 주는 김용환의 모습에 웃으며 따라나섰다.

　2주 후, 진우는 여느 때와 같이 아침 일찍 출근해 수사 기록 서류에 치이며 하루를 보내고 있었다.
　"검사님, 여기 검토 끝난 수사기록입니다."
　수사관 김현태가 진우의 책상 옆으로 서류 상자를 내려놓았다.
　진우는 질린다는 듯 기지개를 켜며 한숨을 내쉬었다.
　"무슨 놈의 사기 사건이 이렇게 많은지, 해도 해도 끝나지 않네요."
　"그러게 말입니다. 저기 뒤에 있는 서류, 제가 좀 가져갈까요?"

진우의 말에 김현태는 싱긋 웃으며 진우의 뒤편에 놓인 수사기록을 가리켰다.

"그래 주시면 저야 고맙죠. 김 계장님께 늘 감사하고 있습니다."

"하하, 제가 당연히 해야 할 일인데요."

김현태는 그렇게 말하며 서류를 한 뭉치 들고 자신의 자리로 돌아갔다.

현진우 검사실은 다시 사각사각 종이 넘기는 소리만이 들려왔다.

지이잉-

그때, 정적을 깨는 진우의 휴대전화 진동 소리가 들려왔고, 진우는 재빠르게 전화를 들고는 통화 버튼을 눌렀다.

"네, 현진우입니다."

-아! 현 검사! 내요. 마영일.

진우는 수화기 너머의 상대가 자신의 이름을 얘기해 오자 작게 한숨을 내쉬었다.

지난 며칠 진우를 괴롭히던 반갑지 않은 전화였다.

"네, 선배님."

-하하, 어째 이제는 내랑 밥 한 끼 해야 하지 않겠어요? 아직도 시간이 안 나나?

처음 마영일의 전화가 왔을 때, 진우는 김용환의 충고에 따라 전화를 받지 않았었다.

 하지만 마영일은 끈질기게 전화와 문자 메시지를 보냈고, 그걸 무시하면 사람을 보내기도 했다.

 "네, 아무래도 사건의 수가 많아서요."

 -어허, 그래도 선배가 밥 한 끼 먹자고 하면 없는 시간도 내야지. 나 때는 그랬어요. 그리고 요즘 내가 만나자고 하면 다들 버선발로 뛰어나와.

 진우가 계속 약속에 대해 확답을 하지 않자, 마영일은 자신이 어떤 인물인지 계속해서 진우에게 말해왔다.

 -내 우리 고등학교 후배 중에 기특한 후배가 있다길래, 밥도 한 끼 사주고 싶고 그래서 그래! 또 아나? 자네랑 나랑 잘 맞으면 우리가 한 가족이 될 수도 있고 말이야.

 마영일이 검사 사위를 구한다는 소문처럼 진우를 향해 노골적으로 어필해 왔다.

 "저도 당연히 선배님과 밥을 먹을 시간이 생기면 참 좋을 텐데, 이게⋯⋯ 제가 마감을 앞둔 사건들이 참 많습니다."

 -그럼 점심으로 하지! 내가 서초동으로 가겠네.

 진우는 포기하지 않는 마영일의 끈질김에 작게 한숨을 내쉬고는 입을 열었다.

 "일단, 그럼 부장님께 사건 좀 빼달라고 말씀드려 보겠습니다. 마 선배님을 뵙겠다고 말하면 도와주시지 않겠습니까?"

검찰청
망나니

-그래? 그렇지! 김용환 부장도 나를 만난다고 하면 현 검사 자네한테 도움 될 거라고 말할 거야. 어서 가서 말하고 연락 줘.

"네, 알겠습니다."

진우는 끈질긴 마영일과의 전화를 끊고는 지쳤다는 듯 마른세수를 했다.

"하……."

"또, 그분입니까?"

김현태는 진우의 모습을 보고는 궁금하다는 듯 물어왔다.

그동안 진우를 얼마나 괴롭히는 전화였는지, 김현태는 신경을 끄고 싶어도 알 수밖에 없었다.

"네. 쉽게 포기를 안 하시네요."

"참 난감하시겠습니다. 동문회라는 게 한 다리 걸치면 다 아는 사람이라 쉽게 끊어내면 평판도 안 좋아질 테고요."

김현태는 진우의 심정을 이해한다는 듯 말해왔다.

"김 계장님 일하시는데, 괜스레 제 개인적인 전화 때문에 방해된 거 아닌지 모르겠습니다. 일단, 저는 변명거리 만들러 가 봐야겠습니다."

진우는 자리에서 일어나 재킷을 챙겨 입고는 사무실을 나섰다.

✳

"뭐라고? 그 양반 그거 아직도 포기 안 했나?"

진우는 사무실을 나오자마자, 부장검사실을 찾아와 마영일과의 통화에 대해 보고를 했다.

진우의 보고에 김용환은 화가 난 듯 붉으락푸르락해진 얼굴로 소리를 질렀다.

"예. 서초동까지 찾아오신다고 하시니 난감합니다."

"지금 마 회장, 똥줄 탈 끼라."

김용환은 무언가 안다는 듯 진우를 바라보며 입을 열었다.

"그 왜, 영일축산 알제?"

"네."

"지금 우리 지검 금조3부에서 영일축산 뒤를 따고 있다."

"금조3부에서요?"

금융조세조사부는 경제 사건을 총괄하는 부서였다.

경제 사건의 저승사자라고 불릴 만큼 금조부의 표적이 된다면, 빠져나가기 힘들었다.

"그래, 경찰에 고소가 들어왔나 보던데. 처음엔 우리 부서로 배당될까 싶었더니, 금조부에서 가져갔다더라."

진우가 속한 형사7부도 금융사기와 기업 비리를 수사하긴 했지만, 금조부에서 수사하지 않는 비리들 위주로 수사했다.

"서초동 법조타운에 소문이 쫙 돌았는 기라, 지금 마영일이가 전관 변호사들 구한다꼬, 마영일이 찾아가면 한몫 땡길 수 있다고."

김용환의 입에서는 계속해서 이야기가 흘러나왔다.

"슬슬 투자자들한테 지급해야 할 돈이 없는 기지. 슬슬 물을 가둬놨던 둑이 터질 때가 됐다. 그러니까 이럴 때일수록 엮이면 안 돼!"

김용환은 걱정스러운 눈빛으로 진우를 바라보았다.

"지금 있는 인맥, 없는 인맥 끌어모을라고 카는 기다. 그러니까 만나지 말그라. 전화 차단해라. 곧 사건 수면으로 올라올 테니까는 알았나?"

"네, 알겠습니다."

"그래, 내도 지금 연락 오는 거 피하고 있으니까. 니도 무시하고 가가 일 봐라."

"네. 부장님 말씀 덕분에 안 좋은 일에 엮일 뻔한 거 피하게 됐네요. 감사합니다."

진우는 자리에서 일어나 김용환에게 고개 숙여 인사를 하고는 부장검사실을 나섰다.

'내가 알고 있는 대로 이 사건이 진행된다면……'

진우가 기억하고 있는 대로 사건이 진행된다면 곧 형사 7부는 사건의 소용돌이로 빨려 들어가게 될 것이다.

'준비해야 한다.'

진우는 그렇게 생각하며 굳은 표정으로 발걸음을 옮겼다.

"기사 이거, 검찰에서 흘린 거 아니냐고!"
 영일축산의 본사 회장실에는 화가 머리끝까지 치솟은 마영일이 테이블 위로 오늘 자 조간신문을 던지며 소리를 질렀다.

「'안전 자산'이라더니…… 한우 투자 영일축산 사기 혐의 피소.」
「영일축산, '한우 투자' 서울중앙지검 금융조사부 배당.」
「결국, 사기? 영일축산 사기 혐의 피소 수사 결과 귀추 주목. 피해자 수만 명 예상…… 피해 규모만 3천억 원.」

 마영일이 던진 신문이 테이블 위에 펼쳐지자 자리하고 있던 사람들은 신문의 헤드라인을 힐끗 바라보았다.
"내가 여러분들을 변호사로 선임한 이유는 검찰에서 이딴 기사 흘리는 거 막으라고, 그 비싼 돈 줘가며! 당신네를 임명한 거야! 벌써 회사에 확인 전화가 얼마나 오는지 알아!"
 마영일은 나이를 잊게 만들 만큼 커다란 노성을 질러왔다.
"조 변호사, 자네가 나한테 수임료 5억 받아갈 때 나한테 약속한 게 뭐야?"

마영일에게 지목당한 변호사는 아무런 말을 하지 않았다.

"뭐냐고!"

"피소 사실에 관계없이 사업에 지장이 가지 않게 하겠다고 약속드렸습니다."

"근데 이거 뭐야? 이 기사 뭐냐고!"

"요즘 금조부 애들이 막 나간다는 소문은 들었는데, 이 정도일지······."

쾅-

변호사는 말을 끝까지 하지 못했다. 마영일이 테이블을 두 손으로 내려쳤기 때문이다.

"내가 당신한테 5억을 줬을 때는, 그 금조부 부장검사 출신이라는 그 타이틀 때문에 줬던 거야! 근데 당신 후배들도 컨트롤 못 해?"

마영일의 큰소리에도 변호사는 아무런 대꾸를 할 수 없었다. 어쨌든 마영일은 자신에게 억대의 수임료를 줬기 때문이다.

"앞으로 어떡할 거야?"

마영일은 흥분을 가라앉히고는 자신의 앞에 있는 변호사들을 향해 물었다.

하지만 변호사들의 입은 열리지 않았다.

"당신네 서초동에서 내가 검찰 전관입네 하고 어깨에 힘주고 다니는 사람들 맞나? 입에 꿀 발라놨어? 어째 아무 말들이 없어?"

마영일은 속이 타들어갔다.

언론에 보도가 나오기 시작하자 자신에게 콩고물을 얻어먹던 작자들은 연락이 끊긴 상태였다.

더군다나 비싼 수임료를 주고 선임한 전관 변호사들마저 힘을 못 쓰고 있었다.

한참 마영일이 변호사들을 상대로 소리를 지르고 있을 때, 회장실 문이 열리며 한 사람이 들어왔다.

"늦었습니다."

상대가 그렇게 말하자 마영일은 자리에서 일어나 기다렸다는 듯 남자에게 다가갔다.

"아이고, 유태호 고검장님. 어서 오시지요."

마영일은 유태호를 향해 살갑게 인사하며 손을 내밀었고, 유태호는 굳은 표정으로 마영일의 손을 맞잡았다.

"마 회장님, 검사 옷 벗은 지 1년 넘었습니다. 유 변호사라고 부르셔도 됩니다."

"하하하, 어디 그럴 수가 있겠습니까? 자, 앉으시지요."

유태호는 마영일의 조커 카드나 다름없었다.

지금도 아주 큰 돈을 쓴 전관 변호사들이었지만, 저들을 다 합쳐도 유태호 한 사람의 영향력만 못했다.

유태호는 불과 1년 전까지만 해도 서울고검장이었고,

사건을 수사하는 서울중앙지검 검사 대부분이 그의 손에 수사지휘를 받던 검사들이었다.

"오면서 얘기해 보니 금조부 쪽에서 사건을 흘린 건 아니라고 합니다."

유태호는 자리에 앉자마자 마영일을 바라보며 이야기했다.

"금조부 애들이 저래 봬도 다들 입이 무거운 친구들입니다. 부장이 제 후배기도 하고요. 어쨌든 이 사건은 피해자 쪽에서 흘린 게 아닐까 합니다."

마영일은 유태호의 한마디, 한마디가 믿음직스러웠다. 아주 기본적인 저런 정보마저도 다른 변호사들은 가져오지 못했으니까.

"고검장님, 제가 어떻게 해야 합니까? 지금 회사로 전화가 한두 통 오는 게 아닙니다. 이미 회사는 업무 마비 수준이고요, 투자자들도 다들 고소하겠다고 난리입니다."

"고소하도록 그냥 두시지요."

"네?"

마영일은 유태호의 입에서 자신이 예상하던 것과 다른 이야기가 흘러나오자 자신이 잘못 들은 게 아닐까 하고 생각했다.

"그냥 고소하도록 두라니요? 그럼 사건이 점점 커질 텐데…… 지금이라도 고소를 못 하도록 막아야……."

"아니요, 사건을 좀 더 키우도록 두라는 말씀입니다."
"그게 무슨 소리요!"

유태호의 말에 마영일은 자리에서 벌떡 일어나며 크게 소리를 질렀다.

"유 고검장, 당신마저 다른 변호사들이랑 똑같이……."
"앉으시지요."

유태호는 굳은 표정으로 마영일을 보며 낮게 가라앉은 목소리로 말했다.

"마 회장님, 앉으시지요."

유태호의 압도적인 눈빛과 목소리에 마영일은 말을 이어나가지 못하고는 털썩 자리에 다시 앉았다.

"마 회장님, 말을 끝까지 들으셔야지요."
"미, 미안합니다……."
"첫째 목표는 금조부에서 이 사건을 맡지 못하도록 하는 겁니다."

유태호는 마영일을 비롯한 다른 변호사들을 번갈아 보며 이야기를 이어나갔다.

"피해자들이 계속 고소, 고발을 하다 보면 사건의 규모가 점점 커질 테고, 금조부 같은 일개 부서에서 감당할 수 없는 사건이 될 겁니다."

"근데, 금조부에서 사건을 못 맡으면 어떻게 됩니까?"
"일반 형사 부서로 넘기겠지요. 그리고 중수부급의 팀을 만들 거고."

"그럼, 내 죄가 더 커질 가능성이 있는 거 아닙니까?"

마영일의 물음에 유태호는 고개를 가로저었다.

"금조부는 워낙에 선수들이 있는 곳이라 저나 여기 있는 변호사들이 영향력을 끼칠 수 없습니다. 단, 사건이 형사부로 넘어간다면……."

특수부의 성격을 띠는 금조부는 검찰 내에서 경제 관련 수사의 에이스들이 가는 곳이었다.

물론 유태호의 능력이라면 그들을 상대로 협상하는 것도 어렵지 않았지만, 마영일이 원하는 집행유예라는 형량은 힘들었다.

오히려 여죄가 더 크게 밝혀질 수 있었다.

"형사부로 넘어간다면?"

"형사부는 금조부보다 상대하기 수월합니다. 특히 서울중앙지검 지검장이나 형사부 부장들은 전부 제 손을 거친 후배들이기도 하고요. 금조부에 있는 후배들이랑 얘기해 보니, 금조부는 보는 눈들이 많아 도와줄 수가 없답니다. 그래서 형사부로 사건이 재배당될 수 있도록 도와주겠다고 하더군요."

"그래요?"

"네. 저나 여기 있는 변호사들이 영향력을 끼치기 쉬워집니다. 마 회장님이 원하시는 불구속 수사에 집행유예 나오게 해드릴 수 있습니다."

"하하하! 좋습니다! 아주 좋아요."

마영일은 언제 그랬냐는 듯 심각한 표정을 지우고는 크게 웃으며 유태호를 향해 손뼉을 쳐댔다.

"우리 유 고검장님만 믿고, 피해자들에게 대응하지 말라고 지시해 두도록 하겠습니다. 그거면 되겠습니까?"

"네. 그럼 사건을 형사부로 옮기는 건 제가 힘을 써보도록 하겠습니다."

유태호는 자리에서 일어나 마영일에게 손을 내밀었고, 마영일은 유태호의 손을 맞잡았다.

"사건이 형사부로 가게 된다면 저도 거기 제 고등학교 후배 하나가 부장으로 있습니다. 마침 제가 사윗감으로 눈독 들이는 친구도 있고요. 김용환 부장검사 아십니까?"

"하하, 그럼요. 그 친구가 평검사일 때, 한 번 마주친 적 있는 것 같습니다. 잘은 모릅니다만…… 어쨌든 지금 검사들 모두가 제 후배인데요. 잘됐습니다. 회장님께서도 인맥을 총동원하시지요."

"내…… 참 부끄러워 말은 못 하겠지만, 사건이 보도된 이후로는 영 안 만나주네요. 허허."

"그래요? 그럼 김용환 그 친구랑 마 회장님께서 마음에 들어 한다는 친구와 제가 약속 자리 한번 잡아보겠습니다."

"아이고! 그렇게 해주시면 저야 감사하지요!"

유태호의 말에 마영일은 일이 흘러가는 모양새가 마음에 드는지 씩 웃으며 유태호와 맞잡은 손에 다른 손을 포개고는 껄껄 웃었다.

며칠 후, 진우는 포털사이트 검색창에 영일축산을 검색하며 사건의 진행 상황을 확인하고 있었다.

'이상하리만치 조용해…….'

영일축산이 피소당했다는 기사가 나온 이후 이상하리만치 후속 보도가 나오지 않았다.

'금조부는 이런 집단이 아닌데…….'

진우가 아는 금조부는 수사 상황을 언론에 흘리는 방식으로 피의자를 압박하는 방법을 주로 썼다.

그러다 보면 피의자는 증거를 인멸하기 위해 무리수를 뒀고, 그 행동으로 인해 구속되는 건이 대부분이었다.

구속 수사가 진행된다면 피의자는 바깥의 정보도 잘 모르게 되고, 검찰의 통제하에 놓일 수 있으므로 여러모로 불리한 상황에 놓였다.

'누군가 물밑에서 작업하고 있다.'

진우는 미래에 이 사건이 결국 형사부로 넘어온다는 것을 알고 있었다.

자신이 초임 때 겪은 사건이었기 때문이다.

그 당시 영일축산 사건은 형사부로 넘어와 중수부 규모의 수사팀이 차려졌었다.

물론, 진우는 그 팀에 차출되지 못했었다.

'문제는 그 팀에······.'

진우는 생각을 정리하고는 자리에서 일어나 검사실 밖으로 향했다.

검사실을 빠져나온 진우는 바로 옆 사무실로 향했는데, 문이 활짝 열린 사무실 내부에는 서류 더미에 쌓여 골머리를 앓고 있는 서필규가 보였다.

똑똑-

서필규의 모습을 보고 웃은 진우는 문을 두드렸고, 노크 소리에 서필규는 문 쪽을 바라보다 진우와 눈이 마주쳤다.

"현 검사님, 어서 오세요."

최태섭과 오선아가 자리에서 일어나 진우를 향해 인사하자 진우는 두 사람을 향해 반갑다는 듯 웃음으로 인사를 대신했다.

"제가 일을 방해한 게 아닐까 죄송스럽네요."

"아니야, 무슨 일인데?"

서필규는 진우를 향해 의문스럽다는 표정으로 물어왔다.

"선배, 잠깐 커피 한잔하시겠습니까?"

진우의 물음에 서필규는 군소리 없이 자리에서 일어나

진우를 향해 다가왔다.

두 사람은 복도 한쪽에 마련된 휴게실로 가 자판기 커피를 뽑아 들고는 얘기를 하기 시작했다.

"제가 좀 눈여겨보는 사건이 있는데요."

진우가 그렇게 서두를 꺼내자 자판기 커피를 홀짝이던 서필규는 고개를 가로저었다.

"안 돼."

"네?"

다짜고짜 자신을 향해 안 된다고 말해오는 서필규의 말에 진우는 당황한 듯 되물었다.

"아, 글쎄 안 된다고. 너 또 사건 파헤친다고 고생할 게 뻔한데. 내가 가만히 두겠냐?"

서필규의 말에 진우는 재빠르게 머리를 돌리기 시작했다.

사실 이 사건 수사팀에는 서필규가 차출을 받고 가기 때문이다.

이전 삶에서 서필규는 검사 인생에서 제일 후회되는 사건으로 이 사건을 진우에게 말해오곤 했다.

그 후회를 반복하게 하고 싶지 않았다.

"하하, 선배. 그런 게 아닙니다. 이미 고소, 고발 진행된 사건이에요. 금조부에서 사건을 맡았어요."

"그래?"

"네. 그저 사건 진행 상황이 궁금해 그러는 겁니다."

"무슨 사건인데?"

"영일축산 사건인데 후속 기사가 없더라고요."

진우의 말에 서필규는 휴대전화를 꺼내 열심히 영일축산에 대해 검색하는 듯했다.

얼마 후, 서필규는 이상하다는 듯 고개를 갸웃하며 진우를 바라보았다.

"이상하네? 금조부 사건 처리 방식이 아닌데?"

"금조부 사건 처리 방식이요?"

"아, 그래. 넌 잘 모르겠지만, 금조부는 사건 초기부터 자기들 아는 법조 기자들 불러다가 사건 살살 흘린다고."

"아, 네."

"그럼 피의자는 쪼들려가지고 급발진을 하는데. 하여튼, 이번 일은 좀 다르네. 첫 보도 이후 사건에 관한 후속 기사가 없어."

"네. 저도 첫 보도를 보고 관심을 가졌었는데, 후속 기사가 없어서 궁금해서요."

"아씨, 갑자기 나까지 궁금해지네. 기다려 봐."

서필규는 그렇게 말하고는 어딘가에 전화를 걸었고, 진우는 서필규의 모습에 웃으며 얌전히 기다렸다.

"어어, 그래. 아, 그래? 어, 고마워. 나중에 밥 살게. 아, 당연하지. 나 서필규잖아. 그래! 끊어."

서필규는 전화를 끊고는 진우를 바라보았다.

"금조부에 연수원 동기가 하나 있는데, 아무래도 금조부에서는 사건 못 맡는다고 하나 봐."

"금조부에서요?"

"어. 저번 주에 갑자기 피해자 백여 명이 넘게 우리 지검에 직접 영일축산을 고소했다네. 금조부 인력이 적어서 못 맡는다고 재배당해 달라고 신청했다는데?"

"그럼 어디로 배당될까요?"

"백여 명이 넘으면 형사부로 배당될 가능성이 크지. 거대 수사팀 하나 생기겠네."

"아, 그렇군요······."

"어휴, 이럴 시간이 없다. 혹시 우리가 맡을지도 모르니, 빨리 가서 마감부터 쳐놔야겠네."

서필규는 그렇게 말하고는 종이컵을 쓰레기통에 던져 넣으며 진우를 바라보았다.

"너도 관심 있는 사건이라며? 빨리 가서 마감부터 쳐. 수사팀에 들어가기만 하면 너나 나나 앞으로 검사 인생에 도움 될 테니까."

"언제는 말리신다면서요?"

"짜식아, 그 팀에 들어가면 그냥 시키는 대로 열심히만 하면 되는데 말리겠냐?"

이전 삶에서처럼 서필규는 이 사건의 수사팀에 들어가고 싶어 하는 말투였다.

서필규의 말에 진우는 피식 웃었다.

'필규 선배가 이 사건에 관심이 있다면, 나도 선배를 따라 수사팀에 들어가는 방법밖에 없다. 다만……'

다만, 이전 삶과 같은 결과를 반복하지 않기 위해선 많은 장애물이 앞을 방해하고 있었다.

'일단 결말을 알고 있으니, 차근차근 대처해 나가보자.'

진우는 그렇게 생각을 정리하고는 사무실로 향했다.

사흘 후.

여전히 영일축산에 관한 후속 기사가 나오지 않았고, 진우는 초기 대응 방법에 대해 생각하고 있었다.

'얼마 후, 사건이 우리 팀으로 배당되겠지. 문제는, 내 기억엔 다른 사람이 수사팀장에 앉게 된다는 건데……'

진우가 아는 기억대로 사건이 진행된다면 결국, 조직도 여론의 비판을 한 몸에 사게 되고, 형사7부도 비판의 한가운데 설 수밖에 없었다.

'일단 수사가 제대로 진행되게 하려면 수사팀 팀장에 제대로 된 사람이 임명되어야 한다.'

하지만, 수사팀장 임명은 분명 조직 내의 어른들의 사정이었고, 진우가 개입할 수 있는 것의 범위를 벗어나는 일이었다.

지이잉-

그때, 책상 위에 올려둔 휴대전화에서 진동이 울렸고, 진우는 휴대전화를 들어 올렸다.

[현 프로, 내 방으로.]

김용환이 보낸 짧은 메시지였는데, 진우는 바로 재킷을 챙겨 입고는 빠른 걸음으로 부장검사실로 향했다.

부장검사실 앞에 온 진우는 옷매무시를 만지고는 노크를 했는데, 안에서 반응이 없었다.

다시 한번 노크하고 진우는 문을 열었는데, 김용환은 누군가와 통화를 하고 있었다.

"부장님, 부르셨습니까."

진우는 아주 작게 얘기하며 고개를 숙였는데, 김용환은 고개를 끄덕이며 저기 앉아서 기다리라는 듯 손짓을 했다.

"예예, 아이고. 선배님이 뵙자 카면 버선발로 뛰어나가야지요. 오늘 저녁이요? 예예, 저는 괜찮습니더. 우리 막둥이도 선배님 얘기 꺼내면 좋아할 낍니더. 예예. 그라모 오늘 저녁에 뵙겠습니다."

김용환은 전화를 끊고는 진우에게 다가오며 입을 열었다.

"아이고, 니 유태호 검사장 아나?"

유태호.
진우가 아주 잘 아는 인물이었다.
"유태호 검사장님이요?"
"그래, 보자…… 현 프로, 니가 언제 임관했지?"
"2월입니다."
"아, 그럼 모를 수밖에 없지. 1년 전에 서울고검장 하시던 양반인데, 이번에 밖에서 니 소문을 들었나 보더라고."
"제 소문을 말입니까?"
"그래, 뭐. 조직을 잘 지켰다느니 입바른 소리 소리를 해쌌는데. 어쨌든, 니캉 내캉 밥 한 끼 사주고 싶다 하는데 내랑 한두 번 마주친 게 다고, 이래 연락을 할 양반이 아닌데."

진우의 기억이 틀린 게 아니라면 유태호는 마영일의 숨겨진 변호인이었다.

후에 이 일이 밝혀지긴 했지만, 이 사건에 대한 판결이 모두 종료된 이후에야 알음알음 소문 수준으로 흘러나왔다.

"약속 없습니다."
"그래? 그라모, 내랑 가서 유 선배한테 밥 한 끼 얻어먹자. 저래 봬도 지금 서울에 있는 검찰청 간부들은 전부 그 양반 영향력 안에 있는 기라. 대통령이 노골적으로 특수부 배제만 안 했어도, 모르긴 몰라도 지금 검찰총장은 유 선배였을 끼라."

김용환은 유태호가 어떤 인물인지 진우에게 말해오고

있었다.

"그렇게 인망이 두터운 분입니까?"

"두텁다마다, 비한국대 출신인데도 한국대 출신 후배들이 오히려 따르는 선배다. 유태호 선배는."

"그렇군요……."

유태호는 비한국대 출신이라는 아주 큰 핸디캡을 안고서도, 검찰 고위직에 올라갈 만큼 대단한 인물이었다.

촘촘한 인맥은 검찰 내부뿐 아니라 정, 재계에도 인맥을 가지고 있었다.

현 대통령이 특수부 출신 검사들을 배제한 인사를 하지 않았다면, 분명 검찰총장실의 주인은 정무진이 아닌, 유태호였을 것이다.

"근데 쪼매 수상하긴 하네."

김용환이 고개를 갸웃하며 이야기를 이어나갔다.

"내도 유태호 검사장이랑 그렇게 친한 사이도 아니고, 내 평검사 시절에 한 번 마주친 게 다인데, 뭐 한다고 바쁜 양반이 시간을 써가매 우리 둘한테 밥을 사준다 카지? 니는 뭐, 짐작 가는 거 없나?"

김용환은 그렇게 말하고 고민에 빠졌고, 앞에 앉은 진우도 고민을 하기 시작했다.

'부장의 저 의심을 이용해서, 어쩌면 수사팀 팀장 자리에 부장이 관심을 두게 만든다면…….'

그렇게만 된다면 아주 좋은 대응이 될 것으로 생각을 마친 진우는 김용환을 바라보며 입을 열기 시작했다.
"부장님, 사실 드릴 말씀이 있습니다."

같은 날 저녁.
진우와 김용환은 유태호와의 약속 장소인 식당에 먼저 나와 기다리고 있었다.
전날 진우는 유태호와 마영일의 사이에 대해 김용환에게 솔직하게 털어놓았고, 처음엔 믿지 않았다.

-니가 그걸 우째 아는데?

김용환의 물음에 진우는 대충 금조부에 아는 사람이 있다고 둘러댔던 참이었다.
한참을 고민하던 김용환은 진우를 향해 일단 자리에 나가보고 결정하자고 말했다.
초조한 기다림의 시간이 지나, 약속 시각이 다가오자 두 사람이 기다리고 있던 방문이 열리며 유태호가 들어왔다.
"아이고, 선배님. 안녕하십니까?"
유태호의 뒤에 마영일이 들어오지 않자, 김용환은 기분

이 좋은 듯 과장된 말투와 몸짓을 취하며 유태호에게 다가갔다.

"김 부장, 오랜만이야. 자네가 평검사 시절에 처음 봤으니 10년 만인가? 잘 지냈지?"

"하모요. 선배님은 검찰 나가고 나셔서 신수가 더 훤해지셨습니다."

"하하하, 그래? 요즘 만나는 사람마다 그런 얘기를 해대서 참 욕하는 건지 아닌 건지 모르겠어."

유태호는 여러 사람을 상대해 본 사람처럼 능숙하게 너스레를 떨며 김용환과 인사를 나눴다.

"안녕하십니까? 현진우입니다."

"자네가 그 친구고만? 난놈이 서울중앙지검에 하나 들어왔다고, 서초동에 소문이 쫙 퍼졌어."

진우는 속으로는 유태호에 대한 감정이 좋지 않았지만, 겉으로는 웃으며 고개를 숙였다.

일종의 사회생활을 하고 있었다.

"과찬이십니다."

"과찬은! 그 이성모인가 그 친구도 그렇고 자네도 그렇고, 요즘 검사 후배들 덕분에 어깨 펴고 다녀. 자자, 이러지 말고 앉지."

세 사람은 인사를 마치고 자리에 앉자마자, 김용환은 유태호를 바라보며 입을 열었다.

"바로 밥부터 시킬까요? 마, 선배님이 맛있는 거 사주신다고 캐가지고 쫄쫄 굶었습니다."
"아, 밥은 조금 있다가 시키지."
"선배님, 저한테 하실 얘기가 있으십니까?"
"아니, 곧 한 사람 더 올 거야."

유태호의 입에서 일행이 있다는 소리가 나오자 김용환의 표정은 삽시간에 굳어갔다.

"누가 오시는데예……?"
"아, 사업하시는 양반인데 자네도 아주 잘 아는 사람이야. 곧 올 때가 됐는데."

유태호가 그렇게 말하며 손목에 걸쳐진 시계를 확인하던 찰나, 방문이 열리며 진우와 김용환 두 사람이 오지 않았으면 했던 사람이 들어왔다.

"아이고! 늦어서 미안합니다. 바쁘신 분들 모셔놓고."

마영일은 들어오자마자 특유의 경박함으로 모두에게 인사해 왔고, 김용환과 진우는 자리에서 일어나 고개를 숙였다.

"마 회장님, 여기서 또 뵙네예."

김용환은 굳은 표정으로 인사를 했고, 마영일은 반갑다는 듯 손을 내밀었다.

"이렇게 좋은 자리가 있는데 내가 빠질 수야 있겠나? 자자, 앉읍시다. 우리 막내 검사 영감님도 자리에 앉아요. 유

검사장님, 저 친구입니다. 제가 사위 삼고 싶다고 말씀드렸던 친구가 말입니다."

"하하, 그렇습니까? 능력도 좋고, 훤칠한 게 인물도 좋습니다."

마영일과 유태호는 죽이 잘 맞는 사람처럼 진우를 두고 얘기를 해왔고, 유태호는 주도적으로 자리를 이끌어 나갔다.

"내가 우리 후배들 밥을 사준다고 하니까 여기 계신 마 회장님이 어찌나 같이 나가고 싶다고 하시는지 말이야."

"아…… 예, 그렇습니까?"

"그래, 일단 주문하기 전에 내가 자네한테 할 말이 있어서 그러는데 그거부터 말해도 되겠지?"

유태호의 말에 김용환은 설마설마하는 눈초리로 유태호의 입만을 바라보았다.

"여기 마 회장님이 아주 좋은 일을 하셔, 서민 경제에 이바지하고 계시는데 투자자들이 뭔가 조금 오해를 했나 보더라고."

"아, 그렇습니까?"

"그래. 중앙지검 금조부에서 사건을 맡다가, 금조부도 사건이 별로 크지 않다고 느꼈는지, 이번에 형사부로 배당이 날 거야."

유태호는 마치 별일이 아니라는 듯 영일축산 사건을 작은 사건이라고 강조하며 말해왔다.

"그럼 모르긴 몰라도 자네 팀으로 가게 될 거야."
"그렇습니까?"
"그래, 별일 아니니 내 자네한테 잘 부탁한다는……."
유태호의 말이 계속되면 될수록 더 이상 참을 수 없다고 느낀 김용환은 자리에서 벌떡 일어나 유태호를 바라보며 입을 열었다.
"선배님, 이건 좀 아닌 거 같습니다."
김용환은 굳은 표정으로 유태호를 바라보았다.
"앞으로 제가 맡을지도 모르는 사건의 피의자랑 같은 자리에서 겸상 못 합니다."
"앉아."
유태호는 김용환에게 눈길조차 주지 않고 정면을 바라보며 가라앉은 목소리로 김용환에게 말했다.
"김 부장, 내 말 아직 안 끝났네. 앉아."
"선배님이 밥 사준다고 하셔서, 내 새끼 쫄쫄 굶기가 이 자리에 델꼬 왔는데, 꼴사납구로 이게 뭡니까? 선배들이 되어가지고 초임검사한테 참 좋은 거 가르친다 카겠습니다. 현 프로야."
"네, 부장님."
"인나라, 내가 더 맛있는 거 사주꾸마. 가자."
김용환의 말에 진우는 자리에서 일어났다.
"김용환! 앉아! 그 문 나가는 순간 재미없어져."

"아이고, 선배님요. 세상이 어느 땐데 이런 자리를 만드십니까? 내는 우리 얼라한테 부끄러버가 이런 자리 못 있습니다. 다시는 안 마주쳤으면 합니다."

김용환은 그렇게 말하고는 식당 밖으로 나가 버렸고, 진우는 김용환을 따라나섰다.

진우가 식당 밖으로 나오자, 김용환은 식당 앞에 서서 컴컴한 하늘을 쳐다보며 한숨을 내쉬고 있었다.

"부장님."

"어, 나왔나? 질러놓고 쫄려가 죽는 줄 알았다."

김용환은 진우를 바라보며 분위기를 풀려는 듯 농담을 해왔다.

"내 멋있드나?"

"네, 멋있으셨습니다."

"그제? 네 말이 사실이었네. 변호사 선임계를 제출 안 해가지고 설마설마했다만서도, 검사장 출신이 저런 양아치도 안 할 짓을 하고 있네. 내가 얼매나 우스워 보였으면 저런 짓을 하는 거고?"

전관 변호사 중 유태호와 같은 짓을 하는 부류가 있었다.

검찰에 변호사 선임계를 제출하지 않고 이른바 '몰래 변호'를 하는 경우가 왕왕 있었다.

대부분 재판은 들어가지 않고, 유태호처럼 자신의 인맥을 동원해 수사를 담당하는 검사를 만나 사건을 잘 봐달라

청탁을 하는 변호사들이었다.

"진우, 니 눈에는 내가 우째 보였을런가 모르겠다만서도, 지금까지 내 앞에서 선배라고 거들먹거리면서 사건 좀 축소해 달라 카는 자슥들한테 내는 두 배로 돌리줬다."

김용환의 입에서는 진우도 알지 못했던 이야기들이 흘러나왔다.

"어데 즈그가 검사가! 검사 옷 벗었으면 남이지. 기어코 조직에 똥물을 뿌리고 앉았다. 그런 인간들은 시작부터 싹을 잘라야 하는 기라."

진우는 김용환의 말을 들으며 고개를 끄덕였다. 틀린 말이 아니었기 때문이다.

"모르긴 몰라도, 수십억 받아 처묵고 세금도 제대로 안 낼 끼라."

선임계를 내고 정식으로 변호를 하게 되면 외부의 시선 때문에 맘대로 학연, 지연을 이용할 수 없었다.

그러다 보니 '몰래 변론'을 했고, 거액의 수임료를 탈세하는 예도 있었다.

"에이, 기분 잡쳤네. 내일 총장님한테 전화해가 수사팀 팀장 자리 내 달라고 해야겠다."

진우는 이 사건이 잘 굴러가기 위해서는 수사팀 팀장에는 김용환이 적임자라고 생각했다.

그렇게 되기 위해서는 오늘 이 자리에서 유태호가 마영

일을 데리고 왔어야 했다.

내심 혹시 자신이 틀렸으면 어쩌나 했던 진우의 걱정과는 달리, 유태호는 마영일을 이 자리에 데려왔고, 김용환의 버튼을 눌러 버린 거나 다름없었다.

"수사팀 내가 맡아야겠다. 다른 놈한테는 불안해서 못 맡긴다."

진우는 그런 김용환의 모습이 마음에 들었다. 알면 알수록 신기한 사람이었다.

어떨 때는 흔한 놈팡이 같은 모습을 하다가도 결정적일 때는 특유의 결단력 있는 모습을 보여주었다.

"가자, 내일부터 저런 나쁜 놈들이랑 싸울라 카면 배가 든든해야 하는 기라, 밥 묵으러 가자."

"네, 알겠습니다."

김용환은 마치 큰 전쟁을 앞둔 장수처럼 앞장서서 걷기 시작했고.

진우 또한 결연한 표정을 지으며 김용환을 따라나섰다.

CHAPTER 3

다음 날.

진우는 출근하자마자 김용환이 가져올 소식을 기다리느라 다른 일들이 손에 잡히지 않았다.

'부장님께서 잘 해주셔야 할 텐데…….'

전날 화가 머리끝까지 뻗친 김용환은 욱하는 마음에 곧바로 총장께 허락을 얻겠다고 했지만, 진우는 김용환을 말렸었다.

보고체계에 맞게 지검장을 통해 검찰총장에게 보고가 되어야 했다.

특히 이런 전관 수사를 하다 보면 간부 한 명, 한 명의 도움이 중요했다.

한참 진우가 생각에 빠져 있을 때 열려 있는 사무실 문을 누군가 두드렸다.

"현 프로."

"네, 선배."

문 앞에는 서필규가 반쯤 걸친 재킷을 제대로 입으며 진우를 바라보았다.

"부장님 소집, 긴급회의 가자."

서필규의 말에 진우는 자리에서 일어나 재킷을 챙겨 입고는 서필규를 따라나섰다.

형사7부의 모든 검사가 부장검사실로 속속들이 들어왔고, 모두가 자리에 앉자 김용환은 진지한 표정으로 입을 열기 시작했다.

"영일축산 사건 다들 알제?"

김용환의 물음에 모두가 고개를 끄덕였다.

"그 사건, 우리 팀으로 배당됐다. 아니, 정확히는 우리 주도로 수사팀 하나 만들게 됐다. 수사 범위는 영일축산 사건을 조사하는 과정에서 인지한 범죄 사실 모두를 우리가 맡는다."

김용환의 입에서 진우가 기다리던 이야기가 나오자 진우는 주먹을 꽉 쥐었다.

"금조부에서 한 명, 성남지청에서 한 명, 남부지검에서 두 명이 우리 팀으로 파견 올 끼다. 속도전이 생명이다. 이달 안에 영일축산 탈탈 털어가 구속하는 게 목표다. 알았나?"

"네."

"그리고, 지금 하던 일들 올 스톱이다. 금조부에서 오늘 내로 사건 넘어오면 각 방에 배당할 테니까는 최우선으로 처리한다. 알았나?"

"네, 알겠습니다."

"자, 그라면 다들 나가가 일 보고. 현 프로는 잠시 기다리라."

김용환의 말에 모두가 부장검사실을 빠져나갔고, 진우는 자리에 앉아 김용환의 입이 열리기만을 기다렸다.

"진우야."

"네, 부장님."

"내는 이 일에 목숨 걸었다."

진우는 뜬금없이 비장하게 말해오는 김용환을 바라보며 놀란 표정을 지었다.

"내가 어제 유태호 그 양반 앞에서 큰소리치고 해가지고 니 눈에는 그 양반이 별거 아인 거처럼 보일 수 있는데, 생각보다 더 대단한 양반인 기라."

"……."

"지금 총장님도 유태호랑 그렇게 총장직을 두고 다투던 양반이었는데, 유태호 얘기 꺼내니까 망설이더라고, 이게 뭔 뜻인가 하면……."

"그만큼 유태호를 따르는 인물들이 조직 내부에 많다는 말씀이시겠죠."

"그래, 그거다. 내도 마, 어제 니가 그 자리에 없었으면 눈 딱 감고 받아들였을지도 모른다. 그만큼 인맥이면 인맥, 영향력이면 영향력. 대단한 양반인 기라."

검찰이라는 조직에서 살아남는 방법은 아주 간단했다.

적군과 아군을 잘 구분해야 했고, 아군으로 만들지는 못하더라도 적을 늘리지 않는 것이 중요했다.

한데, 지금 김용환은 검사 인생에 가장 중요한 시점에서 자신에게 도움 될 만한 인물을 적으로 만든 거나 다름없었다.

"총장 임기 11개월 남았다. 니도 알다시피 총장은 임기를 제대로 못 마칠지도 모른다만서도, 내는 총장이랑 손잡았다. 그래서 내가 어제 유태호 그 양반한테 그렇게 지른 것도 있고…… 이 말인즉슨, 이 사건을 성공적으로 처리하면 내는 좀 더 검찰에 붙어 있을 수 있고, 실패하면 그대로 옷을 벗어야 한다는 기다."

검찰총장은 임기가 정해져 있었지만, 정치적 상황에 따라 임기를 못 마치는 경우가 대부분이었다.

지금 김용환은 유태호와 척을 지고, 남은 한쪽인 정무진 총장 라인을 탄 것이다.

"내가 와 이런 얘기를 니한테 하나 싶겠지. 현 프로야."
"예, 부장님."
"혹시라도 내를 막 정의로운 검사다 그렇게 생각지 말

고, 니도 내처럼 살길 찾으라고 하는 말이다. 그라고, 말하는 김에 한마디 더 하자면 말이다······."

김용환은 잠시 망설이다 진우를 바라보며 입을 열기 시작했다.

"니는 이 사건 너무 열심히 하지 마라."

김용환의 입에서 얘기가 나오자 진우는 놀란 표정으로 김용환을 바라보았다.

"니는 다른 초임이랑은 다르게 많은 것들을 해놓아서, 지금부터 얼라들 하는 거맹키로 평균만 해도 쭉쭉 치고 올라갈 끼다. 괜히 선배들 눈에 나는 짓거리 하지 말고, 너무 열심히 하지 마라."

"······."

"그리고 누가 전화 와가 수사 진행 상황 좀 알려달라 하면, 적당히 알려주라. 어려운 거 아이잖아? 대신에 중요한 건 알려주면 안 된다이? 알았나?"

김용환은 지금 자신의 선택으로 이제 막 검사 옷을 입은 진우에게 피해가 가지 않았으면 했다.

"그리고 와 다들 보내고 이런 말을 하냐면, 우리 부서 검사들이라 캐도 다 즈그들 알아서 살길 찾는다. 니는 초임이라 내가 특별히 이래 말해주는 거니까. 눈치 없이 노빠꾸로 달리지 말라고 말해주는 기다. 알았나?"

진우는 대답을 망설였다.

"부장님."

"하하하, 자슥이 고민이 너무 짧은 거 아이가? 고민은 니 방에 가서 더 하고, 네 결론은 행동으로 내한테 보여주면 되는 기라."

김용환은 마치 진우가 무슨 답을 해올 거라는 걸 아는 사람처럼 행동했다. 진우에게 한 번 더 고민할 시간을 주고 싶어 했다.

"그라고 필규도 적당히 말리고. 자, 인나자. 내도 내일 사건 넘어오면 정리하고 해야 되니까, 바쁘다."

"네, 알겠습니다."

진우는 축객령을 내리는 김용환의 말에 자리에서 일어나 고개 숙여 인사를 하고는 부장검사실 밖으로 나와 작게 한숨을 내쉰 후 결연한 표정을 지었다.

"내가 할 일부터 하나씩 시작하자."

진우는 그렇게 혼잣말을 내뱉으며 발걸음을 옮겼다.

「서울중앙지검 '영일축산' 투자 사기 사건 수사팀 출범.」

「검사 12명, 수사관 포함 70명 규모의 초대형 수사팀 팀장에 형사7부 김용환 부장검사 임명.」

「피해 규모 2천억 원? 수사팀 관계자 "수사 진행 상황에 따라 더 늘어날 것."」

「파악된 피해자만 140여 명 조사 완료. 수사팀 마영일 회장 체포영장이냐 참고인 소환이냐 고민 중······.」

일주일 후, 조간신문을 확인한 유태호는 주먹을 꽉 쥐었다.

"김용환이 이 자식이 정말 해보자는 거지."

수사팀이 생긴 것도 공개를 하지 않았던 중앙지검이었지만, 수사팀 공개와 동시에 물밑에서 수사를 하던 수사팀이 갑작스레 언론에 모든 정보를 흘리기 시작했다.

지이잉-

한참 대응책에 대해 생각하던 유태호는 휴대전화 진동이 울리자 휴대전화를 들고는 화면을 확인했다.

귀찮은 마영일의 전화였다.

분명 자신이 보던 것과 같은 신문을 보고는 불안해서 자신을 닦달하기 위해 전화한 것이 뻔했다.

"여보세요."

-유 검사장님, 기사 보셨습니까? 김용환이 그 친구 수사 과정을 언론에 흘리고 있어요!

"네, 봤습니다."

-이제 어떻게 해야 합니까? 검사장님의 말대로 금조부에서 형사부로 옮겨왔는데, 달라진 게 없지 않습니까!

"조금만 기다리시지요. 곧 좋은 소식이 있을 겁니다."

-정말입니까? 어디 전화라도 돌리셨습니까?

마영일은 금세 목소리를 바꾸고 물어왔다.

유태호에게 수십억을 쓴 이유가 바로 그 전화 한 통의 힘이 대단했기 때문이다.

전화 한 통에 수천만 원이라 불리는 게 과장된 것은 결코 아니었다.

"네. 수사팀에 이번에 파견 나간 친구들이 다 제 손안에 있는 친구들입니다. 그리고 말 잘 듣는 친구 하나 새로 사귀었으니 너무 걱정하지 마십시오."

-알겠습니다. 그럼 유 검사장님만 믿고, 저는 가만히 기다리겠습니다.

유태호는 전화기를 다시 내려놓고 고민에 빠졌다.

마영일은 정말 귀찮은 인간이었다.

한참 생각을 정리하던 유태호는 다시 전화기를 들고 어딘가로 전화를 걸었다.

"나야. 그래, 수사 어디까지 진행됐나?"

유태호는 책상 위에 올려둔 손가락을 굴리며 수화기 너머 상대의 말을 듣고 있었다.

"그래? 체포영장은 못 칠 거 같다고? 그럼 참고인 조사인가? 아아, 그래. 그거 내가 막았네. 그래, 고마워. 내 곧 밥 한 끼 사겠네. 그래. 그리고 곧 기소 범위를 줄이자는 제의를 누군가 하면 자네는 그냥 그 의견에 동의하는 말을 하게. 그래, 그래. 수고해."

유태호는 전화를 끊자마자 바로 다른 번호를 눌러 전화를 걸었다.

"나야, 수사 어디까지 됐어?"

유태호는 수사팀 안에 정보원을 한 사람만 심어두지 않았다.

여러 사람을 심어둬야 한 사람의 정보에 휘둘리지도 않았고, 또 정보끼리의 크로스체크가 가능했다.

"그래, 참고인 조사? 확실하지? 좋아. 긴급 체포만 대응하면 되겠구만, 그래. 고마워. 그래, 자네가 나서서 기소 범위를 좀 줄이자고 건의해 봐."

유태호는 만족스러운 듯 전화기를 내려놓고는 고개를 끄덕였다.

"어, 그래. 무슨 일이고?"

한편, 진우는 부장검사실을 찾아왔다.

김용환은 따로 부르지 않았음에도 찾아온 진우의 모습에 궁금하다는 듯 물었다.

"부장님."

"그래, 와? 어데 사람 하나 잡으러 가나? 표정이 비장하네."

"저번에 제게 좀 더 고민해 보라고 말씀하셨던 거 말입니다. 지금 답 내려도 되겠습니까?"

진우의 물음에 김용환은 씩 웃으며 진우를 바라보았다.

"하하하, 여태까지 고민하고 있었드나? 그게 그래 고민할 일이가? 그냥 니한테 도움이 될 게 뭔지……."

자신을 향해 말해오는 김용환의 말을 끊고는 진우는 김용환의 책상 위에 휴대전화를 올려놓았다.

"이게 뭐고?"

김용환의 물음에 진우는 재생 버튼을 눌렀다.

[나야. 그래, 수사 어디까지 진행됐나?]
[체포영장은 못 칠 거 같습니다.]
[그래? 체포영장은 못 칠 거 같다고? 그럼 참고인 조사인가?]
[네. 아마도 참고인 조사가 될 것 같습니다. 금조부 쪽에서 마영일 개인 계좌 압수수색 내용이 넘어오지 않아서요. 따로 압수수색 영장 준비 중입니다.]
[아아, 그래. 그거 내가 막았네. 그래, 고마워. 내 곧 밥 한 끼 사겠네.]

"이거 유태호랑 진우, 니 목소리 아이가?"

김용환은 놀란 듯 물어왔지만, 진우는 아직 남았다는 듯 휴대전화만 바라보았다.

[네, 알겠습니다. 그럼 나중에 뵙겠습니다.]
[그래. 그리고 곧 기소 범위를 줄이자는 제의를 누군가 하면 자네는 그냥 그 의견에 동의하는 말을 하게.]
[네, 알겠습니다.]

"저와 유태호 검사장 간의 통화 녹음 내용입니다."
"유태호가 니한테 연락했드나?"
"네. 일주일 전 따로 제게 연락이 와서, 앞으로 검사 생활 특수부에서 편하게 지낼 수 있도록 도와주겠다고 하더군요."

진우의 말에 김용환의 눈꼬리는 파르르 떨렸다. 유태호는 그럴 힘을 가진 사람이었다.

"실제로, 이 사건 마무리되면 파견 형식으로 특수부로 발령 나게 해주겠다고 말씀도 해오셨고요."
"근데, 이걸 와 내한테 들려주는데?"

김용환은 마치 조금은 실망했다는 말투로 진우를 향해 물어왔다.

"부장님께서 말씀하셨던 대로 저는 지금 제 선택을 행동으로 보여드리고 있는 겁니다."

 진우는 어안이 벙벙한 표정을 짓고 있는 김용환을 향해 다시 한번 입을 열었다.

 "저는 부장님의 명령을 듣고 움직이는 형사7부 검사입니다. 부장님 외의 다른 사람의 지시를 받고 움직이지 않습니다."

 진우의 말에 김용환은 놀란 표정을 지었다.

 "죄송합니다. 그동안 수사팀 내부에 유태호가 어떤 정보망을 가졌는지 파악하느라 답이 좀 늦었습니다."

 "뭐라고? 그럼 이 전화 내용은 니가 연기했다는 소리가?"

 "네."

 진우는 지난 일주일, 유태호에게 수사팀 내부의 상황을 살살 흘리며 오늘과 같은 얘기가 나오길 기다리고 있었다.

 수사팀의 수사 진행 상황이 유태호에게 흘러 들어간다면, 아무리 열심히 하더라도 정보를 가지고 있는 유태호는 대응하기가 훨씬 수월해진다.

 일단 내부의 정보부터 단속해야 유태호를 상대하기 쉬워진다.

 "그리고 오늘 드디어 쥐새끼의 실마리를 잡은 것 같습니다."

✳

다음 날, 영일축산 수사팀은 아침 일찍부터 김용환의 주재로 회의를 하고 있었다.

"보자. 특경법상 사기에, 유사수신행위 위반에, 계좌 따 보면 백 퍼센트 횡령, 배임도 있을 끼고."

김용환은 마영일에게 적용할 수 있는 혐의들을 읊어왔다.

"현 프로야."

"네, 부장님."

"니가 돈 줄 잘 본다며? 저기 서 프로가 말하던데."

전날 서필규는 지금 형사7부 내에서 자금 흐름은 진우가 가장 잘 볼 것이라고 김용환에게 추천한 상황이었다.

"생각해 보이 그 뭐고? 한경 터미널도 그렇고, 그 계 모임 이름 뭐지?"

"이화회입니다."

"그래, 그것도 네가 돈 흐름 다 본 거 아이가? 이번에 마영일이 개인 계좌랑 영일축산 계좌 압수수색 친 거 그거 니가 좀 봐라. 알았나?"

"네, 알겠습니다."

"좋다. 그라모 현 프로가 자금 흐름 파악하고, 마영일이 소환은 내일모레로 하자. 서 프로 니가 마영일이 진술 따라. 할 수 있제?"

"예, 할 수 있습니다."

"오야, 마영일이 변호사들한테 연락해가 내일모레 소환이라고 알려주라. 거절하거든 체포영장 친다 카고."

"네, 알겠습니다."

"자, 그럼 이만 마치고……."

"부장님."

김용환이 회의를 마치려 하자 금조부에서 파견 나온 검사가 김용환을 불렀다.

"와?"

"기소할 혐의를 조금 축소하는 게 어떻겠습니까?"

"축소하자꼬?"

전관예우의 폐해가 모두의 눈앞에 펼쳐지고 있었다.

판사는 사건의 진실을 얘기해 주는 사람이 아니었다. 그저 검사가 기소한 내용에 따른 판결을 내릴 뿐이었다.

전관 변호사에게 사건 무마를 청탁받은 검사가 기소 내용을 축소하거나 아예 사건을 덮어버린다면, 당연히 지은 죄에 비해 처벌은 약하게 받을 수밖에 없었다.

"예. 재판에 가면 어차피 유사수신행위는 무죄가 나올 거 같으니……."

"그걸 니가 우예 아는데? 니가 판사가?"

"그건 아니지만, 지금 나온 혐의만 보더라도……."

금조부에서 파견 나온 검사가 둘러대려 하자 김용환은

기가 찬다는 듯 헛바람을 삼키며 입을 열었다

"하, 요 새끼 요거 잔대가리 굴러가는 소리 들리는 거 봐라."

김용환은 그렇게 말하며 책상 위에 녹음기 하나를 올려놓고 재생 버튼을 눌렀다.

[그래. 그리고 곧 기소 범위를 줄이자는 제의를 누군가 하면 자네는 그냥 그 의견에 동의하는 말을 하게.]

김용환은 의도적으로 진우를 감추려는 듯 특정 부분만을 재생하고는 정지 버튼을 눌렀다.

"우리 수사팀에 며칠 전부터 쥐새끼 한 마리가 휘젓고 댕긴다는 소문이 있더만, 사실이었네. 봐라, 야야."

"……."

"보소, 금조부 검사 양반요. 대답 안 합니까?"

"……예, 부장님."

"내가 지금 니가 살 수 있는 방법을 하나 알리주께, 함 들어볼래?"

김용환은 당황한 듯 식은땀을 흘리고 있는 파견 검사를 향해 말을 이어나갔다.

"너거 금조부에서 수사할 때 마영일이 계좌랑 영일축산 관계사들 계좌 딴 거 있나 없나?"

"……있습니다."
"어디까지 파악됐노?"
"……."
"내 입에서 한 번 더 얘기 나오게 만들면 당장 니 방 압수수색 영장부터 친다. 그 전에 말해봐라."
"마 회장이 회사 자금을 개인적인 목적으로 유용한 정황까지 파악했습니다……."
"그거, 지금 어딨는데?"
"제 방에 있습니다……."
"하, 기가 맥히고, 코가 맥히네. 돈 받아묵었나?"

김용환이 묻자 파견 검사는 놀란 표정으로 격렬하게 손을 흔들기 시작했다.

"아닙니다, 돈이라니요. 가당치도 않습니다."
"그면, 어디까지고? 뭐 받은 거 있나 없나. 그것만 확실하게 얘기해라."
"정말로 없습니다."
"좋다. 그럼 지금 당장 회의실 나가가 계좌 내용 들고 온나. 그럼 니 살리줄게."
"……."
"열 센다. 열, 아홉, 여덟……."

김용환의 입에서 숫자가 흘러나오기 시작하자 파견 검사는 자리에서 일어나 빠른 걸음으로 회의실을 벗어났다.

"이 회의실 안에 있는 놈 중에 뭐 받아 처묵거나, 수사 방해할라 카는 놈 있으면, 같은 가족이라도 안 봐준다. 알았나?"

"네, 알겠습니다."

"서 프로랑 현 프로 남고, 다들 가가 일 봐라."

김용환의 축객령에 진우와 서필규를 제외한 검사들이 회의실 밖으로 나갔고, 김용환은 두 사람을 바라보며 입을 열었다.

"필규야."

"네, 부장님."

"마영일이 체포영장 치자."

김용환의 말에 서필규는 놀란 표정으로 김용환과 진우를 번갈아 보았다.

"나 좀 서운해."

일주일 후, 서필규는 운전하며 진우를 향해 입을 열었다.

"나는 이번 일에서 아무것도 몰랐다는 게 말이야."

"죄송합니다. 아무래도 부장님의 명령을 받고 움직이다 보니 말씀을 못 드렸습니다."

진우는 진심으로 미안하다는 표정으로 서필규를 향해

말했고, 진우의 표정을 슬쩍 본 서필규는 다시 정면을 보면서 피식 웃었다.

"농담이야, 농담. 아니, 사실 조금 서운하긴 한데. 나라도 그랬을 테니까, 이해할게."

"감사합니다."

"그나저나, 부장이 검찰총장 손 잡은 건 의외네."

서필규는 쓰읍 소리를 내며 이야기를 이어나갔다.

"평생 독고다이…… 아니, 라인 안 타고 혼자 갈 것 같았던 양반이 말이야. 중간에서 줄을 타던 양반이 한쪽 라인을 잡았을 때는 뭔가 꿍꿍이가 있다는 건데, 넌 아냐?"

"글쎄요, 잘 모르겠습니다. 아무래도 이제 지청장급 직함을 다실 때가 되어서 그런 게 아닐까요?"

진우가 대충 둘러대자 서필규는 고개를 주억거리며 진우를 슬쩍 바라보았다.

"그런 걸 수도 있겠다. 그나저나 너는 괜찮냐?"

"뭐가 말씀입니까?"

"너 유태호 검사장 제의 까고, 부장 손 잡은 거잖아. 그거 결국, 너도 '저 총장 라인입니다' 하고 말하는 거야."

"총장 라인이요?"

"그래. 원래 뭐, 우리 같은 형사부 출신들이 라인이 생겼다는 거 자체가 이례적이긴 하다만, 공안통 한 번, 특수통 한 번씩 번갈아서 해 먹던 총장 자리에 우리 형사부 출신

총장이 들어서서 이제 3파전이야."

서필규는 계속해서 이야기를 이어나갔다.

"뭐, 공안부나 특수부 쪽에서는 우리를 인정하려고 하지 않겠지만, 어쨌든 1년 전까지만 해도 유태호로 대표되던 특수통, 지금은 좀 약해진 공안통, 그리고 총장님 라인인 형사부까지. 너는 결국, 부장 따라 총장 손 잡은 거야."

서필규의 말에 진우는 작게 한숨을 내쉬고는 서필규를 바라보았다.

"선배, 저는 그런 거 신경 쓰지 않습니다."

"뭐? 그럼 주 선배 특수부 보내려고 애쓴 건 뭔데? 그거 결국, 너도 특수부 쪽 라인 타려고······."

"아뇨, 제가 신경 쓰지 않는다는 건 저는 지금 현재 살아 있는 권력만 본다고 말씀드리는 겁니다."

서필규는 놀란 듯 살짝 진우를 바라봤다가, 이내 정신 차린 듯 정면을 바라보면서 운전에 집중하며 진우의 말을 듣고 있었다.

"유태호는 죽은 권력입니다. 전관 파워가 언제까지 계속 될까요? 당장 다음 인사에서 유태호 라인이었던 간부들 옷 벗으면 그게 계속 유지될까요?"

진우는 자신이 생각하는 것을 계속해서 말하기 시작했다.

"저는 그저, 지금 저를 이끌어줄 수 있는 사람의 손을 잡 았을 뿐입니다. 그게 김용환 부장검사님인 거고요."

"너는 김용환의 손을 잡았을 뿐, 총장의 손을 잡은 건 아니다?"

"네. 저는 누구의 줄도 타지 않을 겁니다."

진우의 말에 서필규는 피식 웃으며 고개를 주억거렸다.

"그래, 너는 그런 놈이지. 네가 그렇게 말하니까 오만이라고 보이지도 않는다. 재미없는 놈."

진우는 서필규의 너스레에 미소를 지었다.

"제가 수사팀 쪽에 정보를 비교 검토한 결과 체포영장 발부는 포기했다고 합니다."

영일축산의 회장실, 유태호는 마영일에게 수사 진행 상황에 대해 말하고 있었다.

"그래요?"

"네. 참고인 소환 요청이 왔는데, 일단 가시면 될 것 같습니다. 긴급 체포 후에 구속영장을 칠 걸 대비해서 판사 전관 변호사 준비하라고 말씀드렸는데 어떻게 됐습니까?"

"아, 서울중앙지법 부장판사 출신으로 수배 중입니다."

참고인 소환 조사 도중 긴급 체포가 된다면, 검찰은 바로 구속영장을 칠 게 뻔했다.

그렇게 되면, 구속영장실질심사에 대응해야 했고, 그럴

때는 판사 출신의 전관이 유태호 자신보다 더 나으리라 생각하고 마영일에게 그렇게 제의했던 참이었다.

"좋습니다. 아마, 지금쯤 계좌 돈 흐름 추적하느라 바쁠 텐데, 자금 흐름 추적이라는 게 그렇게 쉬운 일은 아니니 구속도 너무 걱정하지 않으셔도 될 것 같습니다."

"하하하, 내 솔직히 유 검사장님한테 큰돈을 수임료로 드리면서 의심했던 것도 사실입니다. 다른 전관들은 큰돈을 받아먹고도 전화 몇 통화만 돌리는 게 다지, 이렇게 수사 대응 방안까지 직접 기획할 줄은 몰랐습니다."

"하하, 그게 제가 평생 하던 일입니다."

마영일은 유태호가 마음에 든다는 듯 계속해서 말을 이어나갔다.

"특히, 우리 유 검사장님께서 저번에 김 부장이랑 같이 나온 어린 검사를 포섭하셨다고 하셨으니, 사건이 마무리되면 제가 또 감사할 일이 하나 더 생길 것 같습니다."

"하하, 그것은 걱정하지 마십시오. 사건이 잘 마무리되거든 제가 그 친구와 자리를 한번 만들어 보겠습니다."

"그럼요, 그럼요. 제가 그때 가면 소개비는 두둑이 챙겨 드리겠습니다."

두 사람은 마치 이미 무죄라도 받은 것처럼 얘기를 나누고 있었다.

그때 회장실 문이 벌컥 열렸고, 마영일의 비서가 숨을

헐떡이며 들어왔다.

"어허, 손님이랑 얘기 중인데. 무슨 일이야?"

"회, 회장님 지금 로비에……."

비서는 끝까지 마영일에게 보고하지 못했는데, 한 무리의 남자가 회장실로 들어왔기 때문이다.

"자, 자네는."

서필규의 옆에 서 있는 진우를 발견한 것인지 마영일은 놀라 말을 더듬었고, 유태호는 자리에서 일어나 진우와 일행을 향해 입을 열었다.

"무슨 일들이야? 현 검사, 자네 보고도 없이 무슨 일이야?"

유태호의 말에 진우는 피식 웃음을 터뜨렸다.

"제가 유 변호사님께 보고를 드려야 할 위치는 아닌 거 같습니다."

유태호는 하루아침에 변한 호칭과 자신을 대하는 진우의 태도에 놀란 표정을 지었다.

"무슨 말인가!"

유태호가 소리를 지르자 진우는 재킷 품속에서 서류를 한 장 꺼내 펼쳐 보였다.

"오늘 자로 발부된 마영일 씨에 대한 체포영장입니다. 최 계장님."

진우가 그렇게 말하자 서필규의 수사관인 최태섭은 마

영일에게 다가가 손을 잡고 수갑을 채우기 시작했다.

"이게 무슨 짓이야!"

마영일은 저항하기 시작했는데, 수사관 몇 명이 더 다가가 마영일을 제압하기 시작했다.

"마영일 씨를 특경법상 사기 위반, 유사수신에 관한 법률 위반, 횡령, 배임 혐의로 체포합니다. 변호사를 선임할 수 있으며……."

"현 검사!"

"유 변호사님, 아주 중요한 피의자의 권리에 대해서 고지 중입니다. 나중에 얘기하시죠."

진우는 자신을 부르는 유태호의 말에 그렇게 답하고는 다시 마영일을 바라보았다.

"마영일 씨, 변호사를 선임할 수 있으며, 불리한 진술은 거부하실 수 있습니다!"

진우가 미란다의 원칙을 알리자, 수사관들은 마영일을 끌고 나가기 시작했다.

"유 검사장님! 유 검사장! 야! 유태호!"

마영일은 자신이 끌려 나감에도 아무런 대응을 못 하는 유태호를 향해 소리를 질렀으나, 이내 수사관들에 의해 연행되었다.

"현 검사, 자네 참 재밌는 일을 꾸몄군. 하하하, 앞으로 재미있어질 거야."

"예, 그럴 거 같습니다."

진우가 그렇게 말하자 서필규는 품에서 서류 한 장을 꺼내 들었다.

"오늘 자로 발부된 유태호 변호사님에 대한 체포영장입니다."

"김 계장님."

진우가 김현태를 부르자 김현태는 유태호에게 다가가 수갑을 채우기 시작했고, 유태호는 어안이 벙벙한 표정을 지었다.

"유태호 씨는 변호사법 위반 및 조세포탈 혐의로 체포합니다. 변호사를 선임하실 수 있으며, 불리한 진술을 거부하실 수 있습니다."

서필규가 미란다 원칙을 알리자, 김현태는 유태호를 연행했고 그 모습을 바라보던 진우와 서필규는 한숨을 내쉬었다.

"어우, 얼마나 구린지 고지해야 할 범죄 사실도 한두 가지가 아니여."

서필규의 말에 진우는 웃음을 터뜨렸다.

"가자. 이제 진짜로 사건을 끝내러 가야지."

"네, 알겠습니다."

서필규는 진우에게 수고했다는 듯 어깨를 두드려 주었고, 진우는 웃으며 서필규와 함께 걸었다.

**검찰청
망나니**

※

"에…… 지금부터, 영일축산 투자 사기 사건에 대한 중간 수사 브리핑을 시작하겠습니다."

사흘 후, 형사7부의 부장검사 김용환은 지검에 있는 기자실을 찾아 직접 수사 내용을 브리핑하고 있었다.

"2007년 4월, 영일축산의 회장 마영일은 어미 소 한 마리당 1천만 원을 투자하면, 어미 소가 송아지를 낳을 때마다 일정 금액 이상의 수익금을 포함해 돌려주기로 약정하고, 2010년 11월까지 약 8천여 명의 투자자들에게 2,900억 원가량의 투자금을 유치했습니다."

김용환은 사투리를 최대한 억제하려 노력했지만, 특유의 억양은 감출 수가 없었다.

"하지만 이 투자 건은 전형적인 돌려 막기식 피라미드 사기로, 뒤 순위 투자자들에게 받은 투자금을 앞 순위 투자자들에게 수익을 지급하는 등, 처음부터 제대로 된 수익을 지급할 생각이 없었던 것으로 보이며 최근 신규 투자자가 줄어들자 수익금을 지급하지 않기 시작……."

기자들은 수사 진행 상황 브리핑을 열심히 받아 적고 있었다.

"……그리하여, 저희 형사7부 수사팀에서는 영일축산 회장 마영일 및 재무이사를 특경법상 사기 및 유사수신행

위에 관한 법률 위반, 횡령, 배임으로 구속기소 하였으며, 영일축산 고위 임원 3인에 대해서는 불구속 기소를……."

한편, 수사팀 한편에 마련된 휴게실에서 김용환의 브리핑 장면을 TV 화면으로 보고 있던 서필규는 진우를 향해 입을 열었다.

"서운하냐?"

대뜸 물어오는 서필규의 물음에 진우는 피식 웃으며 고개를 가로저었다.

"아니요."

"말은 그렇게 해도 서운한 표정인데? 나 같아도 서운할 거야. 연기까지 해가며 유태호 엮어 올렸더니, 수사 브리핑 대상에서 빠지고 조용히 기소 처리하고 명령하면 힘 빠지지."

전날, 검찰총장 선에서 유태호에 대한 오더가 내려왔다.

유태호에 대한 수사는 계속하고, 기소까지는 하되, 언론에 공개해 망신을 주지 말라는 명령이었다.

결국, 진우의 공은 몇몇 사람만 알음알음 알게 되는 것이었다.

"오히려 좋은 거 아닙니까?"

"뭐?"

"제가 특수부 출신 전관 하나 엮어 올렸다는 소문이 대놓고 안 나서 다행이라고 생각합니다."

"짜샤, 그래도 알 사람은 다 알아."

"공식적인 거랑 알 사람 아는 거랑은 다르겠죠. 제가 만약 유태호라면 초임검사한테 당한 게 부끄러워서라도 따로 말 안 할 겁니다."

"크큭, 그건 그렇다. 검사 짬밥 몇 년인데 초임에게 당한 건 좀 그래. 보통 초임들은 시키는 대로 다 하다 보니까 너 같은 별종은 처음 보는 거지."

서필규는 위로해 주려 했더니 오히려 괜찮은 거 같은 진우의 말과 표정에 피식 웃음을 터뜨렸다.

"어쨌거나, 이번 일도 수고했다. 괜스레 금조부에서 뺄은 사건, 전관 하나 엮여서 제대로 처리 못 하고 넘어갈 뻔했는데 말이야. 그리고 전관예우라고 해도 결국, 현직 검사들이 걸린 거 아니냐."

"네."

"나중에 밝혀져 봐. 배로 욕먹는다니까. 검찰이 썩었니…… 어쩌니……."

서필규는 안타까운 듯 말하다 무언가 떠오른 듯 진우를 바라보았다.

"참, 금조부에서 파견 나온 애."

"예."

"대검 감찰 들어간다더라. 총장 뚜껑 열린 모양이야."

금조부에서 수사팀으로 파견 나와 계좌 추적 내용을 감

췄던 검사 또한 대검의 감찰을 받고 있었다.

"그럼 뭐, 제가 서운해해야 할 이유가 하나도 없는 거 같은데요. 죄지은 사람들 벌받고 있으니 말입니다."

"그래도 인마, 이제 남들은 너를 총장 라인 검사라고 생각할 텐데…… 그렇게 인이 박일 거면 유태호 보내 버렸다는 타이틀이라도 하나 있어야지."

서필규의 말에 진우는 피식 웃었다.

"선배님, 저번에 말씀드렸다시피 저는 총장 라인 탄 적 없습니다. 그저 저는 제 검사 인생에 도움이 될 인맥 하나 생겼다고 생각하겠습니다."

진우는 그것이 자신이 앞으로 살아갈 방식이라고 생각했다.

자신이 탈 라인은 자신이 만들 것이라는 그 다짐처럼 말이다.

"그래, 그게 너에게도 나쁘지 않겠지. 어쨌든 이번에도 잘했어."

서필규는 웃으며 진우의 등을 두드려 주었고, 진우는 늘 옆에서 챙겨주는 서필규를 바라보며 고맙다는 듯 미소를 지었다.

✳

 서울 모처의 고급 한정식집.

 주차장에서부터 이곳의 위상을 말해주는 듯 고급 대형 세단들이 줄지어 주차되어 있었다.

 "이런 곳은 처음이가?"

 식당 한쪽에 마련된 방에 들어선 김용환은 신기한 표정을 하고 있는 진우에게 물었다.

 "네, 처음입니다."

 이전 삶에서도 이런 고급 음식점과는 거리가 멀었던 진우였다.

 "앞으로 자주 오게 될 끼다. 이런 곳은 말이다. 음식을 파는 것도 있지만, 장소를 파는 곳이다."

 김용환은 진우를 바라보며 계속해서 이야기를 이어나갔다.

 "조용히, 남들 들을까 봐 걱정하지 않아도 되는 장소를 파는 곳이다. 앞으로 높으신 양반들이 보자고 하면 이런 곳으로 잡아라. 알았나?"

 "네, 알겠습니다."

 김용환의 말처럼 서울 하늘 아래에 남들 눈 신경 쓰지 않고 대화할 수 있는 곳은 적긴 했다.

 이런 장소 하나쯤 알아두면 나쁘지 않겠다는 듯 진우는

연신 고개를 끄덕였다.

"그나저나, 이번에 유태호 사건 밖으로 알리지 않은 건 다 조직을 위해서라고 생각해라."

김용환은 테이블 위에 있던 컵을 들어 올려 차를 마시며 입을 열었다.

"어찌 되었거나, 재판 들어가면 외부에서도 알게 되겠지만, 우리 입으로 직접 발표할 필요는 없지 않겠나? 긁어 부스럼이지."

"네, 그렇게 생각하고 있습니다."

"그래, 대신에 이런 곳에서 밥도 묵고 좋은 게 좋은 거라고 생각해라. 괜스레 선배들이 네 공 덮었다고 서운해하지 말고, 알았나?"

"네, 알겠습니다."

두 사람이 이런저런 얘기를 나누고 있을 때, 방문이 열리며 한 남자가 들어왔다.

"총장님, 나오셨습니까?"

진우와 김용환은 자리에서 벌떡 일어나 검찰총장 정무진을 향해 고개를 숙였다.

"아아, 그래. 앉자."

정무진은 인사를 해오는 두 사람에게 앉으라는 듯 손짓을 했고, 두 사람의 맞은편에 자리했다.

"하하하, 현 검사."

"네, 총장님."

"자네를 내가 어떻게 봐야 하나?"

정무진은 금방이라도 눈에서 꿀이라도 떨어질 것 같은 눈으로 진우를 바라보았다.

"사건의 성질이 어떻든 두 번이나 위기에서 조직을 구했는데, 아니, 정확하게는 나를 구했지."

검찰에서 큰 사건이 터진다면 결국, 모든 책임은 검찰의 관리자인 검찰총장이 져야 했고, 임기를 끝마치지 못할 수도 있었다.

"내가 자네에게 뭘 해줘야 되겠나?"

"그저 이렇게 밥 한 끼 사주시는 것만으로도 만족합니다."

"하하하, 이 친구야. 한 번이면 나도 평검사한테 밥 한 끼 사주고 말았을 거야. 두 번째 아닌가? 밥만 사주고 끝내면 내 마음이 안 편해."

"총장님, 그러지 마시고 일단 밥부터 시키시지요. 현 검사랑 저 아무것도 안 묵고 왔습니다."

두 사람의 얘기를 듣던 김용환은 정무진을 향해 말했고, 정무진은 크게 웃으며 고개를 끄덕였다.

"하하하, 그래. 내가 성질이 급해서 말이야."

정무진은 그렇게 말하며 테이블 위에 있는 벨을 눌렀고, 잠시 후 식당의 직원이 방으로 들어왔다.

"준비한 음식 안으로 들일까요?"

"그래, 빨리 들여줘. 이 친구들 배가 고프다니까."

정무진이 직원에게 말하자, 직원은 싱긋 웃으며 인사하고는 방을 나갔고, 잠시 후 엄청난 양의 음식이 들어왔다.

"자자, 먹으면서 얘기하자고."

정무진의 말이 떨어지자 진우와 김용환 또한 수저를 들고 식사를 하기 시작했다.

"현 검사, 자네 같은 초임검사들은 이 검찰 조직 안의 파벌에 대해 얼마나 알고 있나?"

열심히 젓가락을 놀리던 정무진은 진우를 향해 물어왔다.

"잘 모르겠습니다."

"그래, 그게 정상이야. 자네 같은 평검사들한테는 부끄럽지만, 이 검찰 내부에는 두 개의 파벌이 오랫동안 서로를 견제하고 있었네. 특수통과 공안통. 기획통들도 있긴 하지만, 그들은 특수 쪽이나 공안에 한 발씩 걸치고 있지."

정무진은 무언가 결심한 듯 진우를 향해 설명하기 시작했다.

"특수통 출신이 검찰총장을 해 먹으면 다음번은 공안통이 하는 게 암묵적인 규칙일 때도 있었어."

진우는 젓가락을 내려놓고는 정무진의 말에 집중하기 시작했다.

"그런데 형사부 출신인 내가 어떻게 검찰총장이 되었는지 궁금하지 않나?"

진우는 아무런 대답을 하지 않았다.

저렇게 묻는 것은 곧 말을 해주겠다는 것과 같았으니까.

"나는 공안부와 손잡았네. 유태호는 가는 지검마다 공안부를 초토화해 놓다시피 했어."

진우 또한 유태호의 악명을 알고 있었다.

지검장 시절, 지검에 있던 공안부 차장검사 자리에 자신의 오른팔인 특수부 출신을 임명해 쥐락펴락한 사실은 유명한 사건이었기 때문이다.

오죽하면 유태호가 지나간 곳에는 '공안'의 '공'자도 안 남는다는 농담까지 있었다.

"유태호가 검찰총장에 오른다면 박살 날 게 뻔한 공안통은 유태호가 차기 검찰총장 물망에 오르자, 대안을 찾았고, 당시 부산고검장으로 있던 내가 픽 된 거야."

진우는 검찰 내부의 속사정을 처음 들었다.

이전에는 이런 얘기를 들을 만큼 친한 선배들도 없었거니와 들을 위치도 아니었다.

"그렇게 공안통 출신 법무부 장관은 대통령께 형사부 출신 검찰총장에 대해 건의를 했고 대통령이 받아들인 거지."

진우는 자신의 앞에 앉은 정무진이 왜 저런 얘기까지 해주는지 궁금해져 왔다.

"하하하, 내가 왜 이런 얘기를 하는지 궁금해하는 표정이구먼?"

"예, 조금……."

"그만큼 자네가 이번에 어떤 일을 한 건지 알려주고 싶은 걸세. 최근 특수부 출신들이 다시 고개를 들며 다음 검찰총장을 노리기 위해 단합하던 시점에 자네가 특수통 출신 유태호를 날린 건 그들에게 치명타나 마찬가지니까."

"그렇…… 습니까."

"그래, 내 김 부장한테 듣자 하니 유태호가 특수부로 이끌어준다고 말했다며?"

정무진의 말에 진우는 김용환을 바라보았고, 김용환은 괜찮다는 듯 고개를 끄덕였다.

"네. 자신에게 협조한다면 특수부로 갈 수 있게 해주겠다고……."

"그런데 왜 하지 않았나? 특수부로 간다면 자네 검사 인생이 편해질 텐데."

"저는 지금 제 상관이 누구인지가 중요했습니다. 지금 저의 직속 상관은 김용환 부장검사님이니 당연히…… 고민할 가치도 없었던 일이었습니다."

진우의 답에 정무진과 김용환은 놀란 표정을 지었다.

그리고 정무진은 이내 방이 떠나가라 크게 웃기 시작했다.

"하하하! 그래! 그거야. 모름지기 평검사는 지금 자신의 앞에 있는 사람에게만 충성하면 돼!"

정무진은 진우의 답이 마음에 든 건지 손뼉까지 쳐가며

진우를 바라보았다.

"그래도, 한 것이 있으니 그에 걸맞은 포상을 해야겠지. 유태호같이 죽은 권력도 자네에게 특수부를 약속했는데, 내가 가만히 있으면 검찰총장 체면이 서지 않지."

정무진은 그렇게 말하며 품속에서 흰색 봉투를 꺼내 진우에게 건넸다.

"열어봐."

그 말에 진우는 정무진에게 건네받은 봉투를 열어보고는 놀란 표정으로 정무진을 바라보았다.

"2주 뒤부터 대검 중수부로 출근해. 소속은 그대로 형사7부이지만, 파견 연구관 형식으로 자네 자리 하나 마련했어."

정무진이 건넨 봉투 안에는 인사이동 명령서가 들어 있었는데, 대검찰청 중앙수사부로 진우를 파견한다는 인사발령서였다.

"거기 자리 따내느라고 중수부장한테 아쉬운 소리 좀 들었어."

여전히 놀란 표정을 짓고 있는 진우를 향해 정무진은 껄껄 웃다 이내 표정을 굳히고는 입을 열었다.

"곧 중수부와 공안부에 힘이 실릴 걸세. VIP가 사정 정국을 원해."

대통령은 임기 말을 맞아 지지율이 떨어지기 시작하니 1년 앞으로 다가온 총선과 대선을 겨냥해 검찰이 정치권과 재계를 향해 칼을 휘둘러 정·재계를 압박하는 사정(司正) 정국을 원하고 있었다.

"중수부 인력도 필요하고, 마침 중수부장이 평검사 인력 충원 요청이 와서 자네를 파견 형식으로 보내기로 했어."

진우는 자리에서 일어나 고개를 숙였다.

"감사합니다."

"하하하, 이 친구야. 앉아."

정무진은 진우의 모습이 보기 좋다는 듯 껄껄 웃었다.

"내가 자네에게 해줄 수 있는 건 그곳에 갈 수 있게 해주는 것이 다야. 뒤는 책임 못 진다는 말이야. 그곳에서 자네가 어떻게 하냐에 따라 자네의 검찰 인생 앞길이 달렸네."

"저를 그곳으로 이끌어주신 총장님의 결정에 누가 되지 않도록 열심히 하겠습니다."

"하하하, 그래! 이런 좋은 날 술 한잔이 빠져서야 되겠나?"

정무진이 그렇게 말하며 벨을 누르자 술이 들어왔고, 진우는 그날 정무진과 김용환의 축하주를 받느라 힘든 시간을 보냈다.

2011년 1월.

"어, 현 프로. 여기야!"

연초 주말을 맞아 오랜만에 온종일 집에서 동거묘 금동이와 놀며 휴식을 취하던 진우는 해가 진 후 온 연락을 받고는 강남에 있는 한 술집으로 나갔다.

"늦어서 죄송합니다."

진우가 술집으로 들어가자 서필규와 주성민이 구석진 자리에 앉아 있었는데, 진우는 가자마자 고개 숙여 인사했다.

"늦기는, 우리가 먼저 와서 부른 건데. 앉아."

주성민의 말에 진우는 다시 한번 살짝 고개를 숙이고는 서필규의 옆으로 가서 앉았다.

"이야, 우리 셋이 모이는 게 얼마 만입니까? 한 석 달 만인가?"

"그런 거 같네. 막내…… 이제 막내라고 하면 안 되겠군. 진우, 네 소식은 수원에 있어도 들리던걸?"

주성민은 씩 웃으며 진우를 바라보았다.

"특검 파견 나가서 저지른 일은 수원에서도 아주 크게 들리더라. 너랑 같이 생활했다고 하니까 부장이 너에 관해서 관심을 가지더라고."

주성민의 말에 진우는 미소를 지으며 살짝 고개를 숙였다.

"그리고 오늘 좀 의외의 말을 들었는데, 유태호 네가 날렸다며? 나도 오늘 필규한테 처음 들었다."

수원지검 특수부로 발령받아 이제는 특수부 검사가 된 주성민은 놀란 표정으로 진우를 향해 입을 열었다.

"특수부 검사들 사이에서는 유태호를 날린 게 우리들 사이에서는 김용환 부장이라는 소문이 났거든."

"유태호가 우리 진우한테 당한 게 부끄러웠나 봅니다."

서필규가 그렇게 말하자 주성민은 고개를 끄덕였다.

"그래도 진우, 너 당분간은 조용히 살아. 김용환 부장은 어차피 다음 달에 지청장 승진 대상이야. 그러니 그 양반은 자기 자신을 지킬 힘이 있는 거고, 김용환이 검사장 되어서 다른 지검이나 차장검사로 올라가 버리면 너는 누가 지켜주겠어?"

김용환은 곧 있을 상반기 인사에서 차장검사 혹은 소규모 지청장급 승진 대상이었다.

김용환이 다른 곳으로 발령을 받아 가버리면 진우를 지켜주던 우산이 없어지는 거나 마찬가지였다.

주성민은 그것이 걱정되는 듯 진우를 향해 계속해서 말을 이어나갔다.

"나도 이제 막 특수부 검사 돼서 너를 끌어줄 힘도 아직은 없고, 필규도 이제 5년 차 평검사인데, 순환 근무 가버리면 너는 정말 붕 떠버리는 거야."

주성민의 말에 마른안주를 먹던 서필규도 걱정되는 눈초리로 진우를 바라보았다.

"일단 김용환이 유태호를 날렸다고 소문이 나서 다행이지만 말이야…… 만에 하나 유태호가……."

"주 선배님, 필규 선배. 드릴 말씀이 있습니다."

진우는 주성민의 말을 끊고는 두 사람을 번갈아 보며 입을 열기 시작했다.

"저, 내일모레부터 대검 중수부로 출근하게 되었습니다."

진우의 말에 서필규와 주성민은 놀란 표정을 지었고, 서필규는 큰 소리로 진우에게 되물었다.

"중수부?"

서필규가 큰 소리로 말하자 호프집에 있던 사람들의 시선이 진우 일행에게 쏠렸고, 서필규는 헛기침하고는 작게 다시 물었다.

"지금 대검 중수부 말하는 거지?"

"네. 소속은 그대로 형사7부이지만, 파견 형식으로 나가게 되었습니다."

"참…… 이걸 잘됐다고 축하해 줘야 하나? 중수부도 결국 특수통들 모인 곳인데 너 어쩌냐? 거기 있는 인간들은 네가 유태호 날린 거 알 텐데?"

"아냐 아냐, 지금 중수부장은 유태호 쪽 인물이 아니야."

걱정된다는 서필규의 말에 주성민은 괜찮다는 듯 이야기를 이어나갔다.

"지금 중수부장 권태영은 유태호 반대쪽 인물이었어."

"어휴, 복잡해! 어쨌든 특수부 내에서도 파벌이 있는데, 지금 중수부장은 유태호 쪽 인물이 아니라는 말이죠?"

"그래, 그러니 총장이 진우를 파견 보내겠다고 했을 때 동의했겠지. 다만…… 결국, 권태영도 특수부 사람이야. 형사부 초임이 특수부 선배를 날려 버렸다는 이야기를 들어 알고 있을 텐데, 걱정이긴 하네."

두 사람의 말에 진우는 고개를 끄덕였다.

"두 분께서 걱정해 주시는 부분은 저도 잘 알고 있습니다. 어쨌거나 저한테는 아주 큰 기회인 것도 맞으니 열심히 한번 살아남아 보겠습니다."

진우의 말에 서필규는 피식 웃으며 고개를 끄덕였고, 주성민은 진우를 바라보며 물었다.

"그래, 너라면 알아서 잘하겠지. 그런데 그 소문 사실이야?"

"무슨……."

"VIP가 사정 정국을 원한다는 소문이 특수부 안에서 돌았어. 그래서 당분간은 중수부랑 공안부에 힘이 실릴 테니 다들 몸 사리라고."

공안부는 정치인들의 선거 관련 비리들을 조사할 수 있는 부서였고, 대검찰청 중앙수사부는 특별 수사부 즉, 특수부 중 힘이 가장 강한 곳이었다.

일반 지검급 특수부에서 감당하기 힘든 대형 특수 사건을 주로 담당했다.

하지만 실상은 청와대의 명령을 받아 움직이는 정권의

칼이나 다름없었다.

대통령이 사정 정국을 원한다면 그 칼잡이는 당연히 중수부와 공안부에서 맡았다.

"하기야, 내년에 총선이랑 대선이 같이 있잖아요."

서필규의 말에 주성민은 고개를 끄덕이며 진우를 바라보았다.

"그래, 한참 중수부에 힘이 실릴 타이밍이지. 잘됐어. 진우, 너 권태영 줄 꽉 잡아. 그 줄을 잡는 게 네가 이 조직에서 살아남는 방법이고, 또 너를 지킬 수 있는 일이야."

"네, 알겠습니다. 저도 드릴 말씀이 있습니다……."

진우는 주성민을 바라보며 자기 생각을 얘기하기 시작했다.

"주 선배께서도 당분간 몸을 사리셔야 할 것 같습니다."

진우의 말에 주성민은 흥미롭다는 표정을 지었다.

분명, 진우는 쓸데없는 소리를 하는 사람은 아니었으니까.

"사정 정국이 꽤 오래갈 거 같습니다."

"그래? 뭐 좀 들은 거 있어?"

진우는 이전 삶의 기억을 떠올려 말하는 거였지만, 대충 둘러대듯 고개를 끄덕였다.

"네. 단순 1~2년으로 끝나지 않을 수도 있습니다."

진우도 이 사실을 알고 있었기 때문에, 정무진이 중수부로 가라고 했을 때 자리에서 벌떡 일어나 고개를 숙인 것이었다.

 자신이 원하던 것보다 더 빠르게 위로 올라갈 수 있는 줄을 정무진이 내려준 거나 다름없었으니까.

 "사정 정국을 원하는 대통령은 다음 검찰총장에 특수부 출신을 앉히는 걸 꺼릴 겁니다. 선거도 있고, 임기 말 자신을 지켜줄 여당을 길들이기에는 공안부 쪽이 더 수월할 테니까요."

 "그렇겠지."

 "네. 그러면 중수부로 파견 나가는 저나, 특수부 소속이신 주 선배님은 조금 힘들어질 수도 있습니다. 그러니……."

 "좋아, 나도 이제 눈치란 게 생겼어. 하하, 한번 보기 시작하니까 어떤 타이밍에 빠져야 할지 잘 알겠더라고, 어쨌든 네 말대로 몸 좀 사려야지."

 주성민의 말에 진우는 미소로 답을 대신했다.

 "아이고, 그나저나 중간에 낀 나만 낙동강 오리 알이네."

 서필규는 의자에 몸을 파묻으며 진우와 주성민을 번갈아 보았다.

 "주 선배는 특수부로 가셨고, 진우마저 중수부로 날아가는데, 저는 아직이네요."

 "하하하, 너는 네 위치에서 최선을 다하고 있어. 내가 곧 너를 데려갈 테니까."

 "진짜죠?"

"그래, 당연히…… 필규는 내가 챙겨야지."

"잠시, 잠시만요. 진우야 내 눈에 이거 보이냐?"

서필규는 진우를 향해 얼굴을 들이밀며 손가락으로 눈을 가리켰다.

"뭘 말씀입니까? 아무것도 안 보이는데요."

"눈물 맺힌 거 안 보이냐고! 감동의 눈물."

잠시 무거워졌던 분위기를 환기하는 서필규의 너스레에 주성민은 서필규의 등을 내려치며 웃었고, 진우도 서필규를 바라보며 웃음을 터뜨렸다.

누가 뭐래도 진우는 이 두 사람과 함께 보내는 시간이 편안하고 좋았다.

"자자, 이제 무거운 얘기는 그만하고 오랜만에 뭉쳤으니 건배나 합시다."

서필규는 그렇게 말하며 맥주잔을 높이 들어 올렸고, 진우와 주성민도 잔을 들어 올렸다.

"형사7부를 위해, 중수부에서 새로운 미래를 맞이하는 현진우를 위하여, 우리 세 사람을 위하여!"

"위하여!"

세 사람은 밤이 늦을 때까지 아주 많은 얘기를 나누며 오랜만에 회포를 풀었다.

✻

 숨이 막힐 듯 작은 창문이 외벽을 빡빡하게 채운 백색의 콘크리트 건물을 진우는 올려다보고 있었다.

 '1년 만에 여기까지 올라왔다.'

 대검찰청 정문 앞에 선 진우는 작게 한숨을 내쉬었다.

 생각보다 빠르게 이곳까지 올라왔지만, 자신의 앞에 있는 대검찰청은 검찰에서 난다 긴다 하는 사람이 모인 정글과도 같은 곳이었다.

 밖에서 보면 너무나도 평온해 보였지만, 내부엔 언제고 자신을 위험에 빠뜨릴 장애물들이 산적해 있는 곳.

 '뭐, 지금까지 그래왔듯 해나가면 되겠지.'

 하지만 진우는 이곳에서도 살아남을 자신이 있었다.

 특수부 검사들의 생리는 누구보다 잘 알고 있다고 자부할 수 있었다.

 이전 삶에서 검사 인생의 반을 특수부 검사들의 견제를 받아가며, 특수부에서 버틴 게 진우였다.

 '한 번 해본 거, 두 번 못 할 이유는 없지.'

 진우는 피식 웃으며 대검 건물 안으로 발걸음을 옮겼다.

 엘리베이터를 타고 10층에서 내리자 대검찰청 중앙수사부라고 적힌 현판이 진우를 맞아왔다.

 진우는 통유리 문을 열고 사무실 안으로 들어갔는데, 이른 시간임에도 불구하고 사무실 안은 여러 사람이 일을 하고 있었다.

"어떻게 오셨어요?"

사무실을 둘러보던 진우가 신경 쓰였는지, 한 사람이 다가와 진우를 향해 물었다.

"안녕하십니까? 오늘 자로 중수부 이동 명령을 받고 파견 나온 검사 현진우라고 합니다."

"아아, 중앙지검에서 오신다는 평검사님?"

"네, 그렇습니다."

"안녕하세요. 실무관 이현경이에요. 일단, 부장님이 아직 출근 전이시라…… 부장님 방 앞에서 기다리시겠어요?"

진우는 자신을 안내하는 실무관 이현경을 따라 중수부장실 앞 대기석에 앉았다.

한참 진우가 지루한 기다림을 하고 있을 때 한 남자가 중수부장실로 다가왔고, 이현경은 자리에서 일어나 고개를 숙였다.

"부장님, 나오셨습니까?"

이현경의 인사에 진우도 자리에서 벌떡 일어나 고개를 숙였다.

"쟤, 뭐예요?"

중수부장 권태영은 자신을 향해 고개 숙여 인사해 오는 어려 보이는 진우가 누군지 궁금하다는 듯 이현경에게 물었다.

"중앙지검에서 파견 나오신 평검사님이십니다."

"아아, 벌써 그렇게 됐나."

권태영은 그렇게 말하며 진우에게 다가와 손을 내밀었다.

"반갑다. 중수부장 권태영이다."

"안녕하십니까? 서울중앙지검 형사7부 현진우입니다."

"몇 기냐?"

"37기입니다."

진우의 말에 권태영은 웃으며 휘파람을 불었다.

"37기면…… 까마득하네, 일단 들어가자."

권태영이 그렇게 말하며 부장실로 들어가자, 진우는 권태영을 따라 들어갔다.

자신의 자리로 간 권태영은 재킷을 벗어 옷걸이에 걸며 진우를 바라보았다.

"너가 걔냐? 전 검사장 날린 초임검사."

진우는 대뜸 물어오는 권태영의 물음에 놀란 듯한 표정을 지었다.

"네?"

"유태호 선배 엮어서 날린 놈. 너지? 김용환이랑 총장이 그렇게 꽁꽁 싸매서 숨기려고 하는 초임검사. 그런데 그런 놈이 특수부의 꽃인 중수부로 발령받았네. 내가 너를 어떻게 대해야 하냐?"

권태영은 피식 웃으며 흥미롭다는 듯 진우를 바라보았고, 진우의 표정은 굳어갔다.

"무슨…… 말씀인지 잘 모르겠습니다."

진우는 자신의 앞에 있는 남자, 권태영이 저런 이야기를 해오는 속내를 알아야 했다.

그래야 대처하기가 쉬워진다.

하지만 권태영은 마치 진우에게 속내를 들키지 않겠다는 듯 때로는 웃으며, 때로는 진지한 표정으로 말해오고 있었다.

이럴 때는 모르쇠가 최고의 무기였다.

"하하하, 그래. 이럴 때는 잡아떼는 게 최고지. 초임답지 않게 속에 능구렁이 큰 놈이 들어앉은 것 같네."

권태영은 자신의 자리에 앉아 진우를 바라보았다.

"너 뭐 잘하냐? 여기까지 온 검사들은 각자 재주가 하나씩 있는데 말이야. 인맥이 좋아서 정보를 잘 물어오는 놈, 별거 아닌 아주 작은……."

권태영은 엄지와 검지를 겹친 손가락을 진우를 향해 내밀었다.

"아주 작은 사건…… 예를 들자면, 그냥 평범한 계 모임 계주가 잠적한 사건인 줄 알았는데, 파보니 바지 계주를 세우고 돈을 착취하던 변호사가 엮였던 사건을 파헤친, 냄새를 잘 맡는 놈이라든지."

권태영은 진우를 시험하듯 계속해서 이야기를 이어나갔다.

"수십 년 동안 권력을 가지고 휘둘러왔던 거물을 상대로 쫄지 않고 법정에 세우는 깡 좋은 놈들. 그런 검사들이 우리 중수부로 오는데, 이름이 뭐라고 했지?"

"현진우입니다."

"그래, 현 검사. 너는 뭘 잘하지?"

권태영은 네 정보를 모두 알고 있다는 듯 진우가 파헤쳐 왔던 사건들을 예로 들며 진우를 압박했다.

"시키시는 건 다 잘할 수 있습니다."

"그래? 내가 그럼 지금 VIP를 쳐야겠다고 너에게 말하면 현 검사, 너는 그걸 할 수 있나?"

권태영은 마치 재밌는 장난감을 발견한 듯 진우를 상대로 피식 웃으며 질문을 계속해 나갔다.

"누가 봐도 납득할 만한 죄를 만들어 오라고 말씀하신다면, 그렇게 할 수 있습니다."

"하하하!"

진우의 답에 권태영은 부장실이 떠나가랴 크게 웃었다.

"이봐, 현 검사."

"네, 부장님."

"정답이야. 구린 놈 뒤를 잡아서 온 세상에 구린내를 풀풀 풍기게 하는 게 여기 중수부가 하는 일이다. 알았나?"

검찰청
망나니

"네, 알겠습니다."

"자네는 오늘부터 중앙수사부 2과장 밑에서 일을 하게 될 거야. 나가봐."

"네, 잘 부탁드리겠습니다."

진우가 고개 숙여 인사하자 권태영은 나가보라는 듯 손짓을 했고, 진우가 돌아서서 부장실을 빠져나가자 전화기를 들었다.

"어, 나야. 자네 밑으로 파견 검사 하나 배정했어. 그래. 아니, 일 시키지 말고 일단 실무관들이 하는 일부터 시켜봐."

권태영은 뭐가 그리도 신이 난 건지 웃으며 수화기 너머 상대에게 계속해서 말을 이어나갔다.

"그래. 문서 파쇄부터 정보 들어오는 거 정리까지. 그런 잡일만 시켜봐. 아니, 당분간만. 하하하, 버티면 난 놈인 거고, 못 하겠다고 들이받으면 우리랑 안 맞는 놈인 거지. 그래, 알았어."

수화기를 내려놓은 권태영은 자신의 앞에서 당당하게 죄를 만들어 오겠다고 말한 초임검사의 말이 마음에 들었는지, 그의 얼굴에서는 연신 웃음이 떠날 줄을 몰랐다.

"안녕하십니까? 서울중앙지검……."

"아아, 소속은 됐고. 이름만."

"현진우입니다."

"반갑다. 중앙수사부 2과장 이재윤이다."

진우는 부장실에서 나와 배정받은 2과로 와 2과장 이재윤과 인사를 나누고 있었다.

"네 자리는 당분간 저쪽이고, 자리에 가 있으면 실무관이 네가 할 일을 가져다줄 거다. 가 봐."

이재윤은 마치 귀찮은 짐을 떠맡은 사람처럼 진우를 향해 말해왔다.

"네, 앞으로 잘 부탁드리겠습니다."

진우는 이재윤을 향해 인사를 하고는 배정받은 자리로 돌아갔다.

중앙수사부 사무실은 따로 검사실이 있다기보다 부장실을 제외하고는 마치 일반 회사 사무실과 비슷했다.

중앙수사부는 중수부장을 정점으로 3명의 과장과 수사기획관, 범죄정보 관리과장이 구성원이었다.

잡무를 돕는 실무관과 소속 연구관들이 있었고, 진우는 연구관 신분으로 파견 나온 상태였다.

'꼼수로 만들어진 조직.'

혹자는 중수부를 이렇게 평했다.

법의 원칙을 따진다면, 피의자에 대한 공소 진행은 일반 지검과 지청 소속의 검사만 할 수 있었다.

중수부가 속한 대검찰청과 고등검찰청은 공소권이 없었지만, 중수부 1, 2, 3과장은 서울중앙지검 소속의 검사로 등록되어 있고, 진우와 똑같이 파견 나오는 형식이었다.

그러므로 대검 소속임에도 불구하고 피의자를 소환해 조사할 힘이 있었다.

'내 자리는 여긴가……'

진우의 자리는 검사들이 모여 있는 자리가 아닌 주변에 실무관들이 있는 자리였는데, 진우는 자리에 앉아 피식 웃음을 터뜨렸다.

'이때도 이런 방식의 길들이기가 있었나 보네.'

진우가 아는 특수부 생활의 시작은 늘 길들이기부터였다.

이들은 일반 검사들보다도 상명하복을 더 중시했고, 막 특수부로 배정받은 검사에게는 잡일부터 시키곤 했다.

'자신들의 기준에 맞는 인물인지 테스트를 하는 거지.'

검사라는 자존심을 버리고, 파쇄기 앞에 서서 종이를 파쇄할 수 있느냐는 이들에게 중요한 문제였다.

선배가 시키는 일이었으니까.

그걸 못 참고 못 하겠다고 들이받으면, 그대로 원청으로 복귀였다.

"검사님."

진우가 한참 생각에 빠져 있을 때, 실무관 이현경이 진우의 곁으로 다가왔다.

"아, 이 실무관님."

"그냥 이름 부르셔도……."

"아닙니다."

이현경은 작은 카트를 끌고 왔는데, 미안하다는 표정으로 진우에게 입을 열었다.

"파란색 상자에 들은 것들은 저기 앞에 있는 파쇄기를 이용해서 전부 파쇄하시면 되고요, 갈색 종이 상자에 들어 있는 서류들은 전국 지검에 있는 특수부에서 올라온 정보입니다. 한번 보시고, 중요한 정보들은 과장님께 보고해 주시면……."

"네, 알겠습니다."

진우는 곤란한 표정을 짓는 이현경을 향해 웃으며 대답하고는 파란 상자를 들고 파쇄기 앞으로 향했다.

한참 폐기 문서들을 파쇄하고 있을 때, 품속의 넣어둔 전화에서 진동이 울렸고, 진우는 전화기를 꺼내 들고는 화면을 확인했다.

"네, 선배. 5분 후에 다시 전화 걸게요."

진우는 그렇게 말하며, 전화를 끊고는 이현경에게 다가갔다.

"실무관님, 저 잠시 화장실 좀 다녀오겠습니다."

"검사님, 그런 건 말씀 안 하고 다녀오셔도 돼요……."

"그래도 혹시 선배님들이 저를 찾으실 수 있으니까요.

찾으시면 잘 말씀 좀 부탁드리겠습니다."

진우는 싱긋 웃으며 말하고는 사무실 밖으로 나와 휴게실에 들어가 전화기를 꺼내 들었다.

"네, 선배."

-바쁘냐?

전화 상대는 서필규였는데 진우가 걱정돼서 연락한 것 같았다.

"아뇨, 괜찮습니다."

-중수부는 어때? 뭐부터 시키던?

"문서 파쇄하고 있습니다."

-뭐라고?

"문서 파쇄……."

-아니, 이 새끼들이 형사부에서 왔다고 차별하는 거야 뭐야? 자기들도 시작은 형사부에서 했으면서 뭐 하는 짓이야?

서필규가 말해오는 것이야말로 일반 검사들의 반응이었을 것이다.

진우는 피식 웃으며 입을 열었다.

"선배, 저는 괜찮습니다. 그나저나 무슨 일로 전화하셨어요?"

-참, 너 1과 2과 중 어디로 배정받았냐?

"2과로 배정받았습니다."

-휴…… 다행이네.

수화기 너머의 서필규는 안도의 한숨을 내쉬었는데, 진우는 이유가 궁금해졌다.

"다행이요?"

-아니, 이 선배가 우리 막내 무시무시한 곳으로 보내놓고 걱정이 되어가지고, 여기저기 레이더를 돌려봤거든.

　서필규는 자신의 인맥을 총동원해서 중수부에 대한 정보를 수집한 건지, 진우를 향해 정보들을 이야기하기 시작했다.

-중수부 1과는 유태호 직속 후배들이라고 하더라고, 2과는 권태영 부장이 오래전부터 같이 해왔던 팀원들이고, 일명 권태영 사단.

"그렇습니까?"

-그래, 권태영이 그래도 생각이 있나 보네. 너를 2과로 보낸 걸 보면.

　서필규가 말해오는 정보는 진우도 처음 안 정보였다.

　하지만 정보를 알면 알수록 권태영의 속내가 궁금해져 왔다.

-어쨌든 이 악물고 버텨. 권태영 줄만 잡으면 남은 검사 인생 고속도로 타는 거야.

"네, 알겠습니다. 선배님, 늘 감사드려요."

-감사는 무슨, 너는 내 새끼라고 했잖아. 내 새끼는 내가 챙겨야지.

진우는 웃으며 서필규와 통화를 마치고는 사무실로 발걸음을 옮겼다.

 "새로 온 놈, 걔는 어때?"
 일주일 후, 중수부장 권태영은 2과장 이재윤과 독대를 나누고 있었다.
 "잘 버팁니다. 어제는 사무실 청소를 하라고 했더니 팔 걷어붙이고는 잘하더라고요. 청소해 주시는 아주머니보다 더 열심히 해요."
 "하하하."
 이재윤의 말에 권태영은 뭐가 그리도 즐거운지 크게 웃었다.
 컵을 들고는 커피를 홀짝이던 이재윤은 권태영을 바라보며 입을 열었다.
 "선배, 저놈 저거 왜 데려온 거예요?"
 "무슨 말이야? 총장이 떠밀어 보낸 거……."
 "에헤이, 내가 선배랑 12년째 같이하고 있는데, 척 봐도 척이에요. 정무진이가 넘긴다고 해서 넙죽 받아올 선배가 아니지."
 이재윤의 말에 권태영은 피식 웃으며 커피가 담긴 잔을

들어 올렸다.

"재밌잖아."

"뭐가 말이에요?"

"저놈한테 가면 아주 조그만 사건까지도 커진다고. 그게 무슨 뜻이겠어? 기획을 기가 막히게 하는 놈이라는 거지. 내 초임 때 모습을 그대로 빼다 박은 것 같기도 하고."

권태영은 미소를 지으며 이야기를 계속 이어나갔다.

"처음에는 누가 유태호 멱을 땄다길래, 어느 미친놈인가 싶어서 알아봤더니, 초임이야. 새파란 초임. 37기란다. 감에 잡히냐?"

"선배가 17기고, 내가 22기니까…… 워후, 보이지도 않네."

"그래, 새파란 놈이 전 검사장을 땄더라고. 그래서 김용환이한테 전화했더니."

"했더니?"

"꽁꽁 싸매고 알려주려고 하지를 않아."

"그래요?"

"김용환이가 확실하게 알려줬으면 나도 관심을 껐을 텐데, 호기심이 생기더라고. 그래서 연락 좀 돌려봤지. 전적 화려한 놈이더구먼."

"왜요? 어떤데?"

이재윤은 권태영의 말에 호기심이 생긴 듯 자세를 바로

잡고는 권태영의 입에 집중했다.

"이화회 사건 기억하지? 강남 귀족계."

"네."

"그것도 저놈 작품이더라고."

"에이, 말도 안 돼. 그거 누구야, 그 수원지검 특수부로 발령받은 애. 걔가 한 거잖아요."

"아니야. 저 새파란 놈이 수석검사를 앞에 세우고는 뒤에서 다 한 거 같더라고."

"가만, 특검에서 깽판 친 놈도 쟤잖아요."

"그러니까."

권태영은 피식 웃으며 커피를 한 모금 마셨고, 이재윤은 권태영을 바라보며 고개를 끄덕였다.

"쓰읍, 진짜 선배 초임 때 보는 거 같네. 말만 들으면 선배보다 더 대단한 놈인 거 같은데요."

"그래도 쟤는 검찰총장한테 못 들이받잖아. 그건 내가 이긴 거야."

"하하하, 그건 그렇네. 어쨌거나, 이제 합격?"

"아니, 아직이야."

"아니, 문서 파쇄도 시키는 대로 해, 실무관들이 하는 정보 정리도 해, 하다못해 청소까지 시켰더니 마치 적성을 찾은 듯 열심히 잘하는데 뭐가 더 필요해요?"

권태영을 들고 있던 컵을 테이블 위에 올려놓으며 자세

를 바로 하고 이재윤을 바라보았다.
"그건, 평검사 누구나 할 수 있는 거야. 나는 앞으로 나랑 같이 갈 수 있는 놈인지를 테스트하는 거고."
"그럼 뭐가 남았는데요?"
"그걸 너한테 얘기해 주면 재미가 없지. 이 과장, 너도 한번 맞혀봐."
권태영은 마치 따분한 일상을 보내다 신선한 재미가 찾아온 듯 씩 웃음을 지으며 이재윤을 바라보았다.

CHAPTER 4

 다음 날, 진우는 아침 일찍부터 출근해 여전히 잡일을 처리하고 있었다.
 "검사님."
 그때 이현경이 진우를 부르며 작은 카트를 끌고 다가오고 있었다.
 "아휴, 실무관님. 여기까지 가져오지 마시고, 그냥 저 부르시라니까요."
 "아니에요. 이게 제 일인걸요. 이거 오늘 범죄정보 기획관실에서 넘어온 정보예요. 일단 정리하셔서 저기 캐비닛에 넣어두시면 된다고······ 부장님께서······."
 이현경은 진우에게 일을 시키면서도 불편한 듯 망설이며 말을 했다.
 "네, 알겠습니다. 여기 두고 가시면 됩니다."

진우는 그렇게 말하며 카트를 자신의 자리 옆으로 끌고 갔고, 맨 위에 있는 상자부터 개봉해 자료들을 꺼내 들었다.

'어우, 무슨 정보가 이렇게 많아?'

진우는 속으로 그렇게 생각하며, 서류들을 분류하기 시작했다.

특수 수사는 정보 수집으로 시작하는 것이 대부분이었다.

중수부는 가만히 앉아 있어도 증권가 찌라시부터 전국의 지검에서 정보가 올라왔다.

'보자, 이건 공안 사건 정보네?'

진우는 나중에 파악하기 쉽도록 포스트잇을 붙여 정보별로 분류를 하기 시작했다.

한참 그렇게 서류를 정리하던 진우는 뭔가 이상한 서류를 발견하고는 꼼꼼히 보기 시작했다.

'이걸 왜 공안부에서 뭉갠 거지?'

한참 정보가 담긴 서류를 읽어 내려가던 진우는 휴대전화를 들어 올려 메시지를 보내기 시작했다.

[필규 선배, 혹시 마포경찰서 쪽에 아시는 형사님 있으세요?]

진우는 그렇게 메시지를 보내고는 볼펜 버튼을 딸깍 누르며 생각을 정리하고 있었다.

잠시 후, 서필규의 답장이 온 것인지 휴대전화 진동이 울렸고, 진우는 들어 올려 메시지를 확인했다.

 [아니, 경찰서 쪽은 내가 좀 약한데…… 왜?]
 [마포경찰서 쪽 정보가 좀 필요해서요.]
 [그럼 그 사람한테 연락해 봐.]
 [그 사람이요?]
 [그래, 이성모. 서부지검이잖아. 마포경찰서가 그쪽 관할이고.]

 서필규의 말에 진우는 고민하는 듯 책상 위에 올려둔 손가락을 연신 굴리다 결심한 듯 서필규를 향해 답장했다.

 [네, 알겠습니다. 선배님 늘 고맙습니다.]

 진우는 서필규를 향해 인사를 하고는 사무실 밖으로 나와, 텅 빈 휴게실에서 이성모의 전화번호를 찾기 시작했다.
 '하, 그만 마주쳤으면 했는데…….'
 진우는 잠시 고민을 하다 통화 버튼을 눌렀다.
 -서울서부지검 형사4부 검사 이성모입니다.
 "선배, 안녕하세요. 저 현진우입니다."
 진우가 인사를 하자 수화기 너머의 이성모는 잠시 아무

런 말이 없었다.

"다름이 아니라, 혹시 마포경찰서에 아시는 형사분이 있으시면 소개를 좀 해주셨으면 해서요. 제가 그쪽에 아는 분이 선배님밖에 없는 터라, 실례를 무릅쓰고, 연락드렸습니다."

-마포서?

"네."

-내가 아는 쪽 형사들은 수사과 형사들 뿐인데.

"네, 그럼 더 좋습니다. 아마 저도 그 쪽분이랑 얘기를 나눠봐야 할 것 같거든요."

-좋아. 전화 끊고 5분 후에 연락처 메시지로 보내주지.

"고맙습니다. 나중에 찾아뵙고 인사……."

-됐다. 네게 빚진 거 하나 갚은 셈 치지.

이성모는 그렇게 말하며 전화를 끊었고, 진우는 전화기를 바라보며 피식 웃으며 어깨를 으쓱였다.

잠시 후, 이성모에게서 한 형사의 이름과 연락처가 담긴 메시지가 왔고, 진우는 바로 통화 버튼을 눌렀다.

"안녕하십니까? 대검찰청 중앙수사부 검사 현진우입니다."

✳

그날 저녁, 택시 한 대가 마포경찰서 앞으로 들어섰고, 택시에서 내린 진우는 재빠르게 발걸음을 옮겼다.

"어떻게 오셨습니까? 민원 시간은 끝나……."

의경으로 보이는 사람이 진우에게 다가와 방문 목적을 물었고, 진우는 공무원증을 꺼내 보여줬다.

"대검 중수부 검사 현진우입니다. 수사1팀이 몇 층에 있습니까?"

"아, 검사님. 2층으로 올라가셔서 제일 좌측에 있습니다."

"고맙습니다."

진우는 인사를 하고는 재빠르게 계단을 걸어 올라갔다.

의경의 설명대로 제일 좌측엔 수사1팀이라는 명패가 붙어 있었고, 진우는 그곳으로 들어갔다.

"어떻게 오셨습니까?"

진우가 들어서자 형사 한 명이 일어나서 진우에게 다가왔고, 진우는 다시 신분증을 꺼내 보였다.

"박유찬 경사님을 뵈러 왔습니다. 약속을……."

"아, 현진우 검사님. 제가 박유찬입니다."

진우를 맞이해 온 사람은 웃으며 손을 내밀었고, 진우도 박유찬의 손을 맞잡고는 인사를 했다.

"반갑습니다."

"먼 거리 오시느라 고생하셨습니다. 제가 찾아뵈어도 됐는데요."

"급한 사람이 먼저 와야죠."

진우의 말에 박유찬은 웃으며 안쪽으로 손짓을 했다.

"조용히 얘기해야 할 것 같아서 따로 자리를 마련해 뒀습니다. 들어가시죠."

진우는 따로 독립된 공간으로 박유찬을 따라 들어가 자리에 앉았다.

진우가 자리에 앉자, 박유찬은 이미 준비해 놓은 듯 서류 봉투를 진우 앞에 건넸다.

"말씀하신 사건 자료입니다."

"읽어봐도 괜찮겠죠?"

"그럼요."

진우는 박유찬을 향해 살짝 고개를 숙여 고맙다는 인사를 하고는 서류를 파악하기 시작했다.

"경찰에서 먼저 정보를 파악한 사건이군요?"

"네. 지난 9월 관내에 이상한 투서가 하나 돌았습니다. 자유민주당 B 예비후보에게 수십억 원가량을 로비했다는 사업가가 쓴 투서였습니다."

진우가 읽어 내려가는 서류는 지난해 10월 열린 국회의원 보궐선거 과정에서 파악된 선거범죄였다.

"그런데 조사를 진행하다 보니 결국, 같은 당의 A 후보가 B 후보를 음해하라고 사주한 거고요?"

"네. 투서가 있다는 사실을 파악하고, 경찰 내부적으로 수사를 한 달 정도 진행했습니다. 그런데 알고 보니 사업가에게 투서를 뿌리라고 지시한 사람이 같은 당에서 공천권을 두고 다투던 A 예비 후보였던 거죠."

지난해 10월 보궐선거 과정에서 A 후보가 상대 B 후보를 음해하라고 C라는 사업가에 사주한 사건이었는데, 경찰에서 내부적으로 수사를 시작한 상황이었다.

"결국, 음해를 당한 후보는 공천에서 탈락했고요?"

진우의 물음에 박유찬은 고개를 끄덕였다.

"그렇죠. 아무래도 당 입장에서도 수십억 원의 뇌물을 받았다는 소문이 도는 사람을 당의 후보로 올리기는 쉽지 않을 테니까요."

"뇌물을 수수한 건 사실입니까?"

"그럴 리가요. 전형적인 깎아내리기 투서였습니다. 투서 내용 중 맞는 것이 하나도 없었어요."

"그럼 음해를 당한 후보는 왜 고소를 늦게 한 겁니까?"

"그게…… 그분이 공천에서 떨어지시고 충격이 크셨나 봅니다. 몸져누우셨어요. 뒤늦게 사실을 안 가족들이 고발하게 된 사건입니다."

박유찬의 말에 고개를 끄덕이며, 한참 읽어 내려가던 진우는 고개를 갸웃하며 박유찬을 바라보았다.

"고소가 들어오면서 본격적인 수사 입건 지휘서, 검사에게 제출했습니까?"

"네. 제출했지만, 중앙지검 공안2부에서는 증거가 부족하니 추가로 증거 확보한 후 입건 지휘서 제출하라고 알려왔습니다."

"보강 수사는 하셨고요?"

"네. 증거를 추가로 확보하고 한 번 더 입건 지휘서 제출했습니다."

2011년 현시점에서는 경찰은 수사 개시권이 없었다. 고소, 고발이 들어오더라도 검사의 수사지휘가 있어야만 수사를 진행할 수 있었다.

물론 이후에도 선거에 관련된 사건들은 검찰의 지휘가 있어야지만, 경찰이 수사를 할 수 있도록 대통령령으로 정해졌다.

진우는 미간을 찌푸린 채 박유찬을 바라보았다.

"답은요?"

"이걸로는 턱도 없다며 불입건 지휘로 돌아왔습니다."

"아니, 입건을 한다고 해서 기소가 되는 것도 아닌데 입건 자체를 막았다는 말입니까?"

"네."

박유찬은 자신들의 처지에 공감해 주는 검사를 처음 만난 듯 진우를 바라보며 모든 얘기를 풀어놓기 시작했다.

"저희도 검찰에서 두 번이나 퇴짜를 놓으면 보통 그냥 안 하고 맙니다. 그런데 이렇게 정황증거가 뚜렷한데도 계속해서 퇴짜를 놓으니 오기가 생기더군요."

"······그렇겠네요."

"네, 저희 측에서도 이건 이대로 덮을 수 없다 싶어서 재지휘 건의서를 다시 올렸습니다."

진우는 박유찬의 이야기를 들으면서도 이게 실제로 있는 일인가 싶었다.

보통 경찰이 재지휘 건의서까지 올리는 경우는 책에서만 봤지 겪어본 적은 없었기 때문이다.

앞에 앉은 박유찬도 정말 대단한 경찰임에는 틀림이 없는 사람이었다.

"결과는요?"

"재지휘 건의서도 기각입니다."

박유찬의 말에 진우는 헛바람을 삼켰다.

"허, 박 경사님도 대단하고, 세 번이나 거절한 검사도 대단하네요."

진우의 말에 박유찬은 피식 웃음을 터뜨렸다.

"저도 형사 인생 처음으로 재지휘 건의서를 써봤습니다."

"하······ 일단, 이 서류 제가 가져가도 되겠습니까?"

"대검 중수부에서 이 사건을 맡는 겁니까?"

"확실히 답은 못 드리겠지만, 최대한 빨리 연락드리겠습니다."

"잘 좀 부탁드립니다. 작년 10월 재보선 때라 공소시효 이제 딱 3개월 남았습니다."

선거 사범의 공소시효는 6개월이었다. 박유찬의 말대로 시간이 얼마 남지 않았다.

"네, 알겠습니다. 곧 연락드리겠습니다."

진우는 그렇게 말하곤 박유찬과 인사한 후 경찰서를 빠져나왔다.

진우는 마포경찰서에서 나와 퇴근하지 않고 그대로 다시 중수부 사무실로 돌아왔는데, 모두 퇴근을 한 것인지 진우 혼자만 사무실에 있었다.

진우는 노트 위에 검찰 내부의 파벌 조직을 분류하기 시작했다.

'왜 이런 정보가 일반 정보들이랑 섞여서 나에게 온 거지?'

진우의 기준으로선 이번 정보는 상당히 중요하다고 생각되는 정보였다.

그런 정보들은 범죄정보 관리과장이 부장에게 보고하는 것이 순서였다.

'가능성이 있는 답은 한 가지뿐이다.'

중수부로 들어오는 모든 정보의 첫 번째 분류는 결국, 중수부장 권태영의 손을 거쳐야 했다.

'권태영이 나를 테스트하는 건가? 그렇다면 권태영이 원하는 건?'

진우는 권태영이 곁가지 정보 속에 중요 정보를 섞어 넣어 본인이 정보를 잘 걸러낼 수 있는지 테스트해 오는 것으로 생각했다.

'하지만 권태영은 거기서 끝날 인물이 아니지.'

진우가 요 며칠 새에 본 권태영은 한 발짝 더 나가는 걸 원할 것 같았다.

권태영은 분명 넘겨준 정보를 가지고 자신이 원하는 무언가를 진우가 하길 바라는 것 같았다.

진우는 볼펜 버튼을 딸깍거리며 생각에 잠겼다.

> 특수통 - 중수부, 각 지검 특수부.
> 공안통 - 각 지검의 공안부.
> 기획통 - 법무부, 대검에서 근무하는 참모진.

현재 검찰의 3대 파벌에서는 이번 사정 정국에 대응하고 있을 것이다.

'사정 정국은 보통, 이 셋이 이끈다. 참모진이 기획하고,

중수부는 정 재계에 칼을 들이밀고, 공안부는 선거와 노동 관련 혹은…… 대북 이슈로 정치권을 압박할 수 있다.'

사정 정국을 검찰의 어느 부서에서 주도하느냐도 중요했다.

정국이 끝나고 난 뒤의 논공행상이 걸려 있었기 때문이다.

'권태영이 원하는 건 이 정국을 중수부가 주도하길 원하는 거다.'

권태영이 원하는 것이 공안부를 견제하는 일이라면, 이 정보를 진우에게 슬쩍 흘린 이유가 이해되었다.

'처음으로 거슬러 올라가서 모든 걸 파악하는 방법밖엔 없겠군.'

진우는 자리에서 일어나 재킷을 챙겨 입고는 사무실 밖으로 발걸음을 옮기며 전화기를 꺼내 들었다.

"박 경사님, 저 현진우입니다."

"과장님, 보고드릴 게 있습니다."

"뭐?"

일주일 후, 2과장 이재윤은 진우가 보고할 것이 있다고 말하니 놀란 표정을 지었다.

"네가?"

"네. 정보를 정리하다가 심상치 않은 사건이 하나 있어서, 개인적으로 조사를……."

"너한테 넘어간 정보들이면 이미 일차적으로 부장이랑 범죄정보과장이 분류하고 보낸 건데. 거기에 심상치 않은 사건이 뭐가 있어?"

이재윤은 여느 막내 검사들처럼 의욕이 넘친 진우가 별거 아닌 사건을 키우려 한다고 생각하는 듯 피식 웃으며 진우를 바라보았다.

"정리한 보고서는 있고?"

"네, 여기 있습니다."

이재윤의 물음에 진우는 A4용지 한 장으로 정리한 보고서를 건넸고, 이재윤은 문서를 넘겨받으며 입을 열기 시작했다.

"현 검사, 나도 다 너와 같은 평검사일 적이 있어서 아는데, 의욕이 너무 넘쳐도…… 이거 뭐냐?"

이재윤은 진우에게 충고하듯 얘기하며 보고서를 읽어 내려가다 보고서의 내용에 놀라 진우를 바라보았다.

"그니까, 공안부가 경찰의 지휘 요청을 세 번이나 뭉갰는데, 알아보니 정치인을 정점으로 커넥션이 있다. 이게 보고서 내용 아니냐?"

"네, 맞습니다."

"잠시, 잠시만."

이재윤은 손목에 걸친 시계를 확인하고는 진우를 향해 입을 열었다.

"이거 발표 자료 준비해야 할 거 같은데 30분 안에 가능할까?"

"이미 자료 준비해 뒀습니다."

"발표 자료까지 준비했어? 너 진짜 대단한 놈이긴 하구나?"

이재윤은 준비성이 철저한 진우의 모습에 기가 막힌다는 듯 헛바람을 삼키며 입을 열었다.

"30분 후에 전체 회의가 열리니까 그때 네가 발표해. 할 수 있지?"

"네, 할 수 있습니다."

"좋아, 수고했어."

이재윤의 말에 진우는 고개 숙여 인사하고는 자신의 자리로 돌아갔고, 그 모습을 바라보던 이재윤은 고개를 갸웃하고는 피식 웃음을 터뜨렸다.

중수부 전체 회의.

회의에 참석하는 대상은 중수부장 권태영과 1, 2, 3과장, 진우를 포함한 연구관 세 명, 기획과장, 범죄정보 관리과장까지 총 아홉 명이 자리했는데, 진우를 제외한 두 명의 연구관도 파견 나온 검사였다.

"요즘 공안부 쪽에서 자료가 안 넘어옵니다."

3과장은 무언가 마음에 들지 않는다는 듯 툴툴거리는 말투로 이야기를 이어나갔다.

"이번 정국에서 우리보고 손 떼라는 건지…… 적어도 우리가 요청한 자료는 줘야 할 거 아닙니까?"

"무슨 자료 요청했는데?"

"그, 전 국회의장이 전당대회에서 돈 봉투 돌린 사건 있잖아요."

"그거야 정치권 사건이니까 공안부 소관인데, 자료를 받아야 할 이유가 있나?"

"그때 뿌린 돈 봉투의 출처가 재계라는 소문이 있어요."

"확실해?"

권태영의 물음에 3과장은 고개를 가로저으며 입을 열었다.

"아직은 소문 수준이니…… 자료 좀 달라고 했는데 자료를 안 주네요."

"급한 거야?"

"급한 걸 떠나서, 이번 사정 정국에서 우리도 뭔가를 해야 하잖습니까? 시작부터 공안부가 여당 내부 전당대회까지 파헤치면서 달리는데, 지금 우리 쪽은 너무 조용합니다."

3과장이 하는 말은 현 상황에서 모든 특수부 검사들이 가진 걱정이었다.

청와대에서 대놓고 사정 정국을 들어가라고 명령을 내리지 않았지만, 그런 낌새를 알아차리고 누가 출발선을 끊느냐가 중요했다.

"BH(Blue house, 청와대)에서는 여당 내에서 VIP를 비판하는 목소리가 나와서 불편했을 텐데, 공안부가 여당 조지겠다고 나서면, 얼마나 이쁘겠습니까?"

3과장의 말에 권태영은 다리를 꼬고 앉아 고개를 끄덕였다.

"8월, 정무진 총장 임기 끝납니다. 지금 정국이 다음 총장이 누가 될지 가르는 분수령이 될 겁니다. 분명 저번에 우리 차례였는데, 유태호 선배가 워낙 공안 쪽 애들한테 밀보여서······."

3과장의 입에서 유태호의 얘기가 나오자 유태호 라인인 1과장은 불편하다는 듯 헛기침을 해왔다.

"계속해."

권태영은 그런 1과장은 신경 쓰지 말고 계속 얘기하라는 듯 3과장을 향해 얘기했다.

"어쨌든 다음 총장은 우리 쪽에서 나와야 하지 않겠습니까? 그럼 중요한 건 이번 정국을 우리가 주도해야 한다는 겁니다."

"그렇지."

"그런데 공안 애들이 정치권 정보를 꼭꼭 숨기면서 우리한텐 보여주질 않으니까. 답답합니다."

3과장의 말에 공감한다는 듯 고개를 끄덕인 권태영은 회의에 참석한 모두를 바라보았다.

"다른 사람들은 어때? 이번 정국을 우리가 주도할 수 있는 정보 없어? 캐비닛에 넣어둔 거라도 괜찮아. 다들 얘기해 보지. 이재윤, 2과에서는 뭐 없어?"

권태영의 말에 이재윤은 살짝 웃으며 권태영을 바라보았다.

"현 검사가 뭔가 냄새를 좀 맡은 거 같은데, 자세한 건 저도 지금 들어봐야 알 것 같습니다."

"그래? 현 검사가?"

권태영은 흥미롭다는 표정으로 진우를 바라보았고, 시선을 느낀 진우는 자리에서 일어나 한 장 분량의 보고서를 모두에게 돌렸다.

"선배님들의 이해를 돕기 위해서 PPT 자료를 준비했는데, 발표해도 괜찮을까요?"

"그래, 해봐."

권태영의 승낙에 진우는 회의실 중간에 있는 TV에 노트북을 연결하고는 발표 자료를 틀었다.

"정보기획관실에서 넘어온 정보를 정리하다 발견하게

된 건으로, 사건의 시작은 재보궐 선거를 한 달 앞둔 작년 9월로 거슬러 올라갑니다."

진우는 그동안 파악한 정보들을 모두에게 발표하기 시작했고, 회의에 참석한 사람들은 심각한 표정으로 진우의 발표에 집중하기 시작했다.

"⋯⋯이와 같은 상황으로 현재 공소시효가 두 달 반 정도 남았음에도 사건을 개시조차 못 한 상황입니다."

진우의 일차적인 발표가 끝이 나자 권태영은 의문이라는 표정으로 진우를 바라보았다.

"다 좋아. 다 이해가 되는데, 음해성 투서를 돌렸다는 사업가는 왜? 왜 A 후보를 위해서 B 후보를 음해한 거지?"

진우는 기다린 질문이라는 듯 화면을 넘겼고, 화면에는 사업가의 정보가 뜨기 시작했다.

"해당 사업가는 서울 지하철 역 곳곳에 자신의 매장이 있는 지하철 매장 사업가였습니다."

"지하철 매장 사업가?"

"네. 지하철 매장 운영권을 따내서 각종 프랜차이즈의 업체에 매장을 팔고 운영하는 일종의 이권 사업이라고 볼 수 있습니다."

"그게 사업가가 A 후보를 위해 음해성 투서를 돌린 이유와 무슨 상관이야?"

"A 후보는 본인이 국회의원이 된다면, 서울 지하철을 운영하는 서울교통공사의 감사권이 있는 국토교통위원회로 갈 것이라며, 이권을 약속한 겁니다."

진우의 발표에 권태영은 피식 웃으며 진우를 바라보았다.

"짐작이야? 확인된 거야?"

"경찰에서 사업가를 불러 조사를 하던 도중 확보한 사실입니다."

"사업가를 불러서 조사까지 했다고? 사업가가 변심했나?"

"네. A 후보는 당선된 후 이권을 나눠주지도 못했고, 국토교통위원회로 상임위를 배정받지도 못했습니다."

진우의 답에 가만히 얘기를 듣고 있던 1과장은 진우를 바라보며 입을 열었다.

"그렇다고 하더라도 우리가 하기에는 사건이 좀 작은데? 자네가 중수부에 처음 와서 잘 모르나 본데, 이 정도는 일반 지검급 특수부에서 다룰 사건이야."

"케이스는 작습니다만, 훌륭한 수단이 될 수 있겠죠."

"수단이라니?"

"공안부를 압박할 수 있는 수단 말입니다."

진우와 1과장이 나누는 얘기를 지켜보던 권태영은 크게 웃었다.

"하하하! 1과장, 자네가 졌어."

권태영이 크게 웃으며 얘기하자 1과장은 기분이 나쁜 듯 입꼬리가 연신 떨렸다.

"좋아. 이 사건 우리가 맡는다. 1과장."

"네."

"1과에서 사업가 소환해서 바로 조사하고, 2과는 이 사건을 뭉갠 공안부 검사 맡아. 3과는 음해하라고 시킨 국회의원 영감님 접촉하고, 대한민국에 이 사건 모르는 사람 없도록 그냥 작은 먼지를 털 때도 엄청나게 큰 소리가 나도록 턴다. 알았나?"

"네, 알겠습니다."

"더 뭉갤 거 없이, 바로 시작하지. 다들 나가봐."

권태영의 말에 모두가 자리에서 일어나 권태영을 향해 고개 숙여 인사하고는 부장실을 빠져나왔다.

"너는 왜 안 나가?"

권태영은 모두가 나갔음에도 자리를 차지하고 앉아 있는 2과장 이재윤을 향해 물었다.

"이거죠?"

"뭐?"

"현진우 테스트하는 거, 이거 맞죠? 모든 게 너무 딱 들어맞아."

이재윤의 물음에 권태영은 자리에서 일어나 자신의 자리로 돌아가 앉았다.

"우리 부서에 넘어오는 모든 정보는 부장인 선배와 범죄정보과장이 일차적으로 필터링, 그러니까 정보를 걸러내

잖아요."

이재윤은 마치 상황을 정리하듯 권태영을 바라보았다.

"그런데 공안부가 사건을 뭉개고 있는 중요 정보가 필터링도 없이, 잡정보들 사이에 섞여서 현진우한테 넘어갔다? 제가 선배를 12년 모시면서 이런 상황 단 한 번도 없었습니다."

"그게 다야?"

"아니죠. 마침 시기도 딱 들어맞았어. 사정 정국이 시작되자마자, 공안부가 전력 질주를 하기 시작해, 우리를 견제하면서. 그러다 보니 3과장이 앓는 소리를 막 해대고 공안부를 견제할 방법을 찾는 도중 갑자기 현진우가 이 정보를 딱 던져. 누가 봐도 모든 연결고리가 착착 맞아 들어가는 거라고요."

"하하하."

"이 모든 그림, 선배가 짠 거죠?"

이재윤의 물음에 권태영은 고개를 살짝 끄덕였다.

"정보를 한번 섞어본 건 그저 현진우 능력을 알기 위해서였어. 정보를 분류해 내는 능력을 보고 싶었던 거지."

"그런데 현진우는 한 발짝 더 나간 거고요?"

"그래. 개인적인 바람이었지만, 충실하게도 한 발짝 더 나가더군. 이 실무관한테 들어보니 사무실을 비우는 날이 더 많았다고 하더라고, 현진우 검사 말이야."

"네. 그렇긴 한데, 뭐 저는 정보를 수집하나 싶어서 가만히 두고만 봤죠. 이런 걸 물고 있을지는 꿈에도 몰랐네."

"나도 따로 알아보니 마포서 형사들을 그렇게 괴롭혔다더라고, 일과의 반을 마포서로 출근했어."

권태영은 그렇게 말하며 이재윤을 바라보았다.

"궁금했다. 왜 작은 사건들도 저놈한테만 가면 커지는지가 궁금했어. 그런데 행실을 보니 알 거 같더군."

권태영의 말에 이재윤은 입을 다물고 집중하기 시작했다.

"현진우 저놈, 특수부 검사의 모든 자질을 갖췄어. 일선 형사들을 연결받을 수 있는 인맥, 정보 수집 능력, 기획 수사 능력, 그리고 시의적절하게 정보를 써먹을 수 있는 시기를 파악하는 능력까지."

"그건 그래요. 아까 1과장한테 눈 동그랗게 뜨고 좋은 수단이 될 수 있다고 말한 거 보셨죠?"

"그래. 그런 게 특수부 검사한테 제일 필요한 판단력이지. 작은 사건을 가지고도 자신이 속한 조직에 유리하다 싶으면 과감하게 수사하는 판단력."

"선배나 현진우나 참 대단해요. 한 사람은 네 맘대로 춤춰보라고 판 다 깔아주고, 춤추는 놈은 거기서 칼춤을 춰버리는 게 말이에요. 나 같은 소시민은 어떻게 해야 하나."

이재윤이 앓는 소리를 해대자 권태영은 피식 웃었다.

"쓸데없는 소리 그만하고, 나가서 공안부 검사나 제대로 조사해."

"예예, 알겠습니다."

"참! 아까 내가 전국에 떠들어대라고 한 거, 잠깐 킵 하라고 다들 전해."

"언론 보도를 늦추라는 말씀이시죠?"

"그래. 내 명령만 떨어지면 언제든 보도할 수 있도록 준비만 해두라고 해. 언론에 쏘지는 말고."

"네, 알겠습니다."

이재윤이 그렇게 답하고는 부장실을 나가자, 권태영은 진우가 가져온 한 장짜리 보고서를 바라보며 미소를 지었다.

'이번엔 제대로 된 놈이 하나 들어온 것 같네.'

권태영은 기분이 나쁘지 않은 듯 자신의 기대를 충족시켜 준 진우를 생각하며 미소를 지었다.

대검찰청 공안부.

공안부장 석동일은 무언가 결연한 표정으로 책상 위에 놓인 난 화분을 닦고 있었다.

공안부장으로 승진하며 받은 승진 축하 난이었는데, 중요한 일이 있을 때마다 이 난을 닦으며 마음을 정리하고는 했다.

-출세하려면 공안부로 가라.

 한때, 검사들 사이에서는 출세하려거든 공안부로 가라는 말이 떠돌았다.
 공안부 출신 검사들은 국회의원, 법무부 장관, 국무총리까지 지내며 말 그대로 출세의 고속도로와 같은 곳이 공안부였다.
 하지만 최근 들어 그런 기조가 변하고 있었다.
 '이젠 나를 이빨 빠진 호랑이 취급을 하고 있어……. 이빨 빠진 호랑이도 호랑이라는 걸 보여주지.'
 시대가 변함에 따라 대공 사건은 줄어들었고, 국가보안법 위반 같은 사례는 줄어들어 공안부의 입지는 예전만 못했다.
 석동일은 자신의 대에서 공안의 부활을 꿈꾸는 야심가였다. 아직 공안은 힘이 있다고 굳게 믿고 있었다.
 여전히 사정 정국이나 선거철이 되면 공안부는 서슬이 퍼런 칼을 정치권에 들이대곤 했고, 전국의 공안부 검사들을 총지휘하는 자리에 있는 사람이 대검 공안부장 석동일이었다.
 "부장님, 큰일이 났습니다."
 석동일은 상념을 방해하며 문을 벌컥 열어젖힌 부하 검사를 향해 팍 인상을 쓰며 입을 열었다.

"이 새끼야! 여기가 어디라고 노크도 없이 문을 열어!"

석동일의 입에서 우레와 같은 노성이 터져 나오자 부하 검사는 벌벌 떨며 고개를 숙였다.

"죄송합니다. 워낙 사안이 급해서."

"뭐야?"

석동일은 사무실 중앙에 있는 소파로 자리를 옮기며 부하 검사에게 물었고, 부하 검사는 문서 한 장을 석동일에게 건넸다.

"중소 언론에서 나온 기사인데……."

"중소 언론?"

작은 언론들은 공안부에서 신경 쓸 대상이 아니었다.

대형 언론들만 상대해도 모자랄 판에 중소 언론의 기사를 가져온 부하 검사가 마음에 들지 않는다는 듯 석동일은 문서를 낚아채 읽기 시작했다.

「[단독] 서울중앙지검 공안부, 경찰의 수사지휘 요청 거부?」

기사의 머리말부터 공안부를 저격하는 듯한 뉘앙스에 석동일은 인상을 찌푸리며 기사를 읽어 내려갔고, 이윽고 화가 난 듯 문서를 집어 던졌다.

"이거 뭐야? 사실이야?"

"네. 들어오기 전에 알아보니 사실인 것 같습니다."
"그러니까 왜! 그 검사 놈은 이 사건을 덮었다고 하던?"
"둘러대는 걸 보니 아무래도 뭔가 있는 거 같습니다."
"뭔가라니? 돈이라도 받아먹었다고 하던가?"
"설마 그랬겠습니까? 아무래도 상대가 현역 국회의원이다 보니 봐주는 정도로……."
"이것들이!"

석동일은 자리를 박차고 일어나 허리춤에 손을 얹고는 고래고래 소리를 질렀다.

"지금이 제일 중요한 시기라고! 내가 그렇게 몸들 사리라고 부탁했는데, 일선 검사라는 새끼들이 사건 청탁을 받고 덮어? 그것도 정치인이랑 엮여서! 공안부 검사라는 새끼가!"

자신이 저지른 죄가 아님에도 석동일의 질책을 한 몸에 받은 부하 검사는 고개를 떨궜다.

"이 새끼 지금 어디 있어?"
"중앙지검 공안부장이 하던 업무 중지시키고, 지검에 대기시켰다고 합니다."
"부장이랑 그놈 둘 다! 당장 대검으로 튀어 들어오라고 해!"
"예, 그런데…… 부장님."
"뭐야?"

"기사를 쓴 기자한테 정정 보도 부탁한다고 연락을 했는데 이상한 얘기를 들었습니다."

부하 검사는 씩씩거리는 석동일을 바라보며 이야기를 이어나갔다.

"정정 보도를 요청했더니, 자신들은 확실한 정보를 가지고 기사를 썼다길래, 정보의 출처를 물어보니, 이 제보가 흘러나온 게 중수부라는······."

"이······ 익!"

부하 검사는 보고를 끝까지 이어가지 못했는데, 자신의 얼굴로 석동일이 서류 더미를 던졌기 때문이다.

"그걸 왜! 지금 말해! 제일 먼저 말했어야지!"

부하 검사는 그저 석동일이 화를 내느라 얘기를 할 타이밍을 놓쳤을 뿐인데 억울했다.

"그러니까, 이 기사를 쓴 기자한테 제보를 던져준 게 중수부 애들이다?"

"네, 그렇습니다."

"왜? 중수부가 왜!"

"우리 쪽 얘기를 들어보니 중수부에서 자료를 달라고 했는데, 우리 쪽에서 여러 차례 거절했다고 합니다."

"하······ 그 중앙지검 공안부 놈, 지금 당장 휴가 내고, 내일부터 출근하지 말라고 해."

"지금 말입니까?"

"그래! 이거 중수부가 작전 건 거야! 왜 대형 언론이 아니라, 중소 언론에 던졌겠어? 확인하고 연락하라 이거잖아! 우리한테 수습할 시간을 주겠다는 거잖아. 이런 것도 내가 얘기해 줘야 하나?"

"죄송합니다."

부하 검사는 석동일을 향해 송구스럽다는 듯 고개를 숙였고, 석동일은 더 얘기할 필요 없다는 듯 나가라고 손짓을 했다.

부하 검사가 나가자 석동일은 고민에 빠졌다.

"중수부 이 새끼들이 뒤에서 태클을 걸어?"

중수부에서 이런 작전을 건 이유를 알아야 했다.

대형 언론에 터뜨렸으면 뒤도 안 돌아보고 중수부와 전쟁을 했을 테지만, 지금 약점을 먼저 잡힌 쪽은 공안부 본인들이었다.

"하, 그 능구렁이 같은 자식이랑 통화하면, 사흘 밤낮이 역겨운데……."

석동일은 그렇게 혼잣말을 내뱉으며 전화번호부를 뒤져 상대의 이름을 찾은 후 통화 버튼을 눌렀다.

한참 통화 연결음이 울리고, 상대가 받지 않으려나 보다 싶어 끊으려는 순간 상대는 전화를 받았다.

"어, 권 부장! 나야. 공안부 석동일."

다음 날, 석동일은 대검 근처 식당에서 약속 상대를 기다리고 있었다.

"이 새끼, 아주 영악해. 전화도 늦게 받더니 약속 시각도 딱 맞춰 올 심산인가 보네."

약속 상대는 계속해서 자신을 향해 줄다리기를 해왔는데, 석동일은 그 점이 마음에 들지 않았다. 하지만 어쩔 수 없는 일이기도 했다.

지금 아쉬운 것은 상대가 아니라 석동일 본인이었으니까.

잠시간의 기다림 이후 약속 시각이 다가오자 방문이 열리며 상대가 들어왔다.

"아이고, 권 부장. 왜 이렇게 얼굴 보기가 힘들어? 같은 건물에 있는데도 저기 지방에 있는 놈보다 더 보기가 힘들어."

석동일은 자리에서 일어나 권태영을 향해 능청을 떨며 인사를 해왔고, 권태영은 피식 웃으며 석동일의 손을 맞잡았다.

"오랜만입니다. 잘 지내셨습니까?"

"그럼, 잘 지냈지. 자리에 앉을까?"

"네, 앉으시죠."

권태영의 말에 두 사람은 서로를 마주 보고 앉았는데, 권태영은 상당히 느긋한 태도를 보였고, 석동일은 그런 모습에 속으로 천불이 났지만, 웃으며 권태영을 바라보았다.
"이번에 말이야. 중수부에서 우리 애들 뒤를 따고 있다며?"
"뒤를 따다니요? 처음 듣는 얘깁니다."
마치 처음 듣는 얘기라는 듯한 표정을 지으며 자신을 대해오는 권태영이 아니꼬운 듯 석동일은 테이블 밑에 있던 두 주먹을 꽉 쥐었다.
"하하, 그래? 자네도 밑에 있는 친구들이 먼저 했나 보구먼. 중앙지검에 있는 우리 애들이 실수를 조금 했나 봐. 지난 재보궐 때 사건을 하나 덮었다고 하는데…… 자네도 알다시피 우리가 일이 많아서."
"공안부가요? 일이 많아요?"
마치 공안부를 무시하는 권태영의 태도에 석동일은 이를 악물며 참고는 입을 열었다.
"중수부만큼은 아니지만, 선거철에는 우리 공안도 많이 바빠."
"그렇군요. 그런데 사건을 덮었으면 선거 사범을 봐줬다는 얘기 아닙니까?"
"하하, 누가 봐줬나? 아직 공소시효도 3개월이나 남았고……."
"3개월밖에 안 남은 거죠. 석 부장님."
"그, 그렇지. 어쨌든 바로 처리하라고 오더 내려놨으니

여기서 덮지."

석동일은 드디어 본론을 권태영에게 얘기해 오고 있었다.

"실수한 놈은 내가 잘 타이를 테니 중수부도 거기까지 하는 게 어떻겠나?"

"글쎄요. 저도 밑에 있는 직원들한테 수사 멈추라고 지시하려면 뭐가 있어야지, 그 친구들도 받아들이지 않겠습니까? 저는 석 부장님과는 다르게 직원들을 찍어 누를 힘이 없습니다."

"하…… 권 부장."

석동일은 길게 한숨을 내쉬고는 표정을 굳히며 권태영을 바라보았다.

"원하는 걸 얘기하지."

권태영은 석동일에 입에서 드디어 원하는 얘기가 나오자 싱긋 웃으며 입을 열었다.

"사정 정국, 너무 혼자 달리지 마십시오. 마라톤에서 먼저 그렇게 치고 나가시니 결국, 뒤를 밟히시는 것 아닙니까?"

권태영의 말에 석동일은 가만히 듣고만 있었다.

"우리 쪽에서 공안부 쪽에 자료를 요청한 게 있습니다. 그런데 공안부 쪽에서 넘겨주지를 않는다고 하더군요."

"그런가?"

"네. 공안부 쪽에서 자료를 넘겨줬으면, 우리 쪽에서도 답례 차원에서 이런 사건은 공안으로 넘겼을 텐데 말입니다. 서로 왕래가 끊기니 이런 일이 발생하지 않겠습니까?"

"좋아. 내 돌아가자마자 특수 쪽에서 자료 요구하면 넘기라고 하겠네."

"둘째."

"더 있나?"

석동일의 더 있냐는 물음에 권태영은 살짝 미소를 지으며 이야기를 이어나갔다.

"이 사건 덮은 검사, 저희에게 넘기시지요."

"이봐! 권태영이!"

석동일은 자신이 참을 수 없는 성질의 얘기가 권태영의 입에서 흘러나오자 소리를 버럭 질러댔다.

"내 새끼를 넘기라는 건 특수랑 공안 한판 붙자는 거나 다름없어!"

석동일의 말에 권태영은 품속에서 문서 한 장을 꺼내 석동일에게 건넸다.

"읽어보시지요. 그 친구 돈을 꽤 많이 받았더라고요."

권태영의 입에서 얘기가 나오자 석동일의 눈가는 파르르 떨렸다.

석동일은 허겁지겁 떨리는 손으로 문서를 펼쳐 보았는데, 자신의 부하 직원이 확실히 뇌물을 받아먹은 것 같았다.

"언론 흘리는 거 없이 수사하겠습니다. 기소도 최대한 늦춰서 해드리지요. 사정 정국이 끝나고 재판에 들어가야 공안 쪽에서도 편하지 않겠습니까?"

 분한지 부들부들 떨어대는 석동일을 바라보며 권태영은 말을 이어나갔다.

 "그리고 이번에 우리 쪽에 새로 온 친구가 있는데, 제가 기대를 많이 거는 유망주입니다. 그 친구가 판 사건인데 훨훨 날아갈 친구의 날개를 제 손으로 꺾을 수는 없지요."

 석동일은 드디어 권태영의 넘치는 자신감의 원천이 어딘지 알게 되었다. 이런 정보를 쥐고 있었으니, 자신감이 넘칠 수밖에.

 "이런…… 정보가 있었으면, 넌지시 얘기를 해줄 만도 하지 않았나……."

 "제가 갑자기 연락을 드리는 것도 우습지 않습니까? 워낙 특수랑 공안이 왕래가 없다 보니 말입니다. 하하하, 총장 건도 있고요."

 권태영은 마치 지난 빚까지 모두 돌려받겠다는 듯 석동일을 향해 얘기했다.

 "어떡할까요? 지금 저희 직원들은 제 전화만 기다리고 있을 텐데요. 거절하신다면 내일 아침 대형 언론 1면에는 공안부 검사와 현직 국회의원의 유착이라는 타이틀이 걸리겠지요. 얼마 전에 우리 조직이 스폰서 검사 문제로 그렇게 진통을 겪었는데, 바로 또 돈을 받는 검사가 나오면 어떻게 되겠습니까?"

석동일은 두 눈을 감고 권태영의 얘기를 듣다가 한숨을 내쉬고는 권태영을 바라보았다.

"특수에서 원하는 정보 넘겨주고, 그 친구만 넘겨주면 되나?"

"네. 그리고 당분간 공안은 몸 좀 사리시고요."

"알겠네. 자네가 원하는 대로 하겠네."

석동일의 입에서 승낙의 말이 흘러나오자 권태영은 싱긋 웃음을 지었다.

"좋습니다. 특수랑 공안이 사이 안 좋다는 얘기, 석 부장님과 제 대에서는 한번 끊어보지요."

권태영은 그렇게 말하며 손을 내밀었고, 석동일은 작게 한숨을 내쉬고는 권태영의 손을 맞잡았다.

한편, 진우는 중수부 사무실에서 앞으로 이어갈 수사에 대해 고민하고 있었다.

'아무리 공안부와 사이가 나쁘다고 해도, 어쨌든 검찰이라는 큰 틀 안에서는 한 식구나 다름이 없지.'

진우가 이런 성질의 사건에 대해 잘 알고 있었다.

특검에 파견 나갔을 때도 그렇고, 수사를 한참 진행하다가도 결정적일 때 윗선에서 개입하여 사건을 덮으라 종용해 오는 일이 왕왕 있었다.

'사건을 덮을 것 같았으면, 내게 정보를 흘리지도 않았을 거 같긴 한데…….'

권태영은 진우가 지금까지 만나온 부류와는 다른 유형의 상관이었다.

이전 삶에서 검사로 십 년 넘게 생활한 터라 누구든 말을 섞어보면 어떤 사람인지 대략 짐작이 되었는데, 권태영은 전혀 그렇지 않았다.

진우가 한참 대응책을 생각하며 골머리를 썩이고 있을 때 마침 사무실로 중수부장 권태영이 들어왔고, 진우는 자리에서 일어나 고개를 숙였다.

"부장님, 오셨습니까?"

진우를 비롯한 모든 부원이 하던 일을 멈추고 자리에서 일어나 인사하자 권태영은 손을 살짝 들어 인사를 하고는 제 방으로 들어가 버리는 듯했다.

진우 또한 권태영의 뒷모습을 바라보며 자리에 앉으려고 하던 그때, 권태영은 별안간 몸을 돌리더니 검지로 진우를 콕 찍어왔다.

"저 말씀입니까?"

진우는 다시 자리에서 일어나 권태영을 향해 묻자, 권태영은 고개를 끄덕이고는 자신의 사무실로 들어갔고, 진우는 재빠르게 권태영을 따라 들어갔다.

진우가 부장실로 따라 들어왔음에도 권태영은 한마디 말도 없이 재킷을 벗어 옷걸이에 걸고는 자리에 앉았고, 진우는 그런 권태영의 입이 열릴 때까지 기다렸다.

"현 프로."

"네, 부장님."

권태영은 진우를 바라보며 굳게 닫혀 있던 입을 열기 시작했다.

"여기서 우리가 한 발짝 더 나가면 어떻게 될 거 같나?"

진우는 앞뒤 다 잘라먹고 불친절하게 자신을 향해 물어오는 권태영을 바라보았다.

"공안과의 전면전이 될 거 같습니다."

"우리의 이점은?"

"일단 공안부 검사의 비위 사실을 우리가 들고 있다는 게 이점입니다. 거짓이 아닌 사실에 기반한 비위 내용을 말입니다."

진우의 말에 권태영은 고개를 끄덕였다.

"자네가 생각했을 때 이 사건을 계속하면 안 되는 이유는 없나?"

"있습니다."

"말해봐."

"공안과의 전면전이 시작되면 저쪽도 물불 안 가릴 겁니다. 현 법무부 장관과 BH 민정 라인이 전부 공안통이라는 것도 우리에게 불리한 점이고…….."
"그리고?"
"송구스러운 말씀입니다만…… 우리 쪽이 저쪽보다 깨끗하다는 객관적인 증거가 없습니다."
진우의 말에 권태영은 크게 웃음을 터뜨렸다.
"하하하, 그렇다는 건 저쪽에서 걸면 우리도 걸릴 게 있다는 말이야?"
"부장님께서 어떻게 받아들이실지는 모르겠지만, 공안에서 작정하고 파낸다면 안 걸릴 사람은 없을 테니까요."
"좋아. 그럼 이점과 그 부분을 고려했을 때 이 사건 어떻게 했으면 좋겠어? 아, 그냥 순수하게 네가 나라면 어떤 판단을 했을까 궁금해서 하는 물음이다."
권태영의 물음에 진우는 드디어 올 것이 왔다고 생각했다. 아마도 이것이 권태영의 마지막 시험이겠지 생각하며 작게 한숨을 내쉬었다.
"저라면 대검 공안부장을 만날 거 같습니다."
진우의 말에 권태영은 피식 웃음을 터뜨렸다.
"그리고?"
"어차피 우리에게 유리하게 세팅이 된 사건입니다. 앞으로의 정국에서 서로 감추는 것 없이 자료를 줄 건 주고, 페어플레이하자고 할 것 같습니다."
"그러곤 사건을 덮어주고?"

권태영의 물음에 진우는 고개를 가로저었다.

"앞서 말씀드렸듯 우리에게 유리한 사건입니다. 위의 조건은 그냥 기본으로 깔고, 비위 사실이 있는 검사까지 넘기라고 할 것 같습니다."

"왜지?"

"표면적으로는 페어플레이지만, 정국이 끝날 때까지 공안부의 목줄을 쥐고 있을 수 있기 때문입니다."

"하하하, 그게 다인가?"

"한 가지 더, 집안 단속도 해야 할 것 같습니다. 앞서 말씀드렸듯 우리라고 공안에 뒤를 안 잡힐 거란 확신이 없으니까요."

"좋아, 좋아."

진우의 답에 권태영은 뭐가 그리도 즐거운지 손뼉을 치며 진우를 바라보았다.

"아주 훌륭한 모범 답안이다. 나는 방금 대검 공안부장을 만나고 왔다."

권태영의 말에 진우의 눈가는 파르르 떨렸다. 권태영은 이미 석동일을 만나고 왔으면서도 진우를 떠본 것이었다.

만약, 진우가 잘못된 답을 얘기했다면…… 불 보듯 뻔한 상황이 연출되었을 것이다.

진우는 권태영이 알면 알수록 능구렁이 같은 사람이라고 생각했다.

"네가 말한 대로, 공안부 검사 넘겨받기로 했다. 단, 우리 쪽에서도 저들의 목줄을 쥐려면 확실하게 지킬 선은 지켜야겠지."

권태영은 그렇게 말하며 자신을 빤히 바라보고 있는 진우를 향해 입을 열었다.

"이 사건은 1과장에게 넘겨라. 이 말인즉슨 너와 이재윤은 이 사건에서 손 떼라는 말이다."

"알겠습니다."

"너는 한 번도 왜 그렇게 해야 하는지 묻지를 않는군?"

권태영은 의문스럽다는 듯 진우를 바라보았다.

"제가 묻는다고 해서 이미 정하신 결정을 번복하실 거 같지는 않습니다. 괜히 기분이 상할……."

"하하하, 그래도 가끔은 물어봐도 좋다. 나는 말이 많은 사람이거든."

권태영은 그렇게 말하며 진우를 바라보았다.

"어쨌든, 1과는 네가 엮어 날린 유태호 라인이다. 그 친구들이 공안 쪽에 악감정이 좀 있어. 아무리 나와 다른 길을 걷는 친구들이라고 해도 내 밑에 있는 이상, 악감정을 풀 기회는 줘야 할 것 같다."

권태영은 공안 라인에 의해 검찰총장이 되지 못한 과거를 얘기해 왔다.

"아, 그리고 네가 유태호 선배 날린 거란 건 이 팀에서는 나와 2과장만 알고 있는 거 같으니, 걱정 안 해도 된다. 검찰 내에는 김용환이 날린 거로 소문났으니까."

"네, 알겠습니다."

"좋아. 할 말 더 있나? 없으면 나가봐도 돼."

진우는 그렇게 말해오는 권태영을 향해 고개 숙여 인사하고는, 돌아서서 부장실을 벗어나려 했다.

"아, 잠시! 현 검사."

"네, 부장님."

진우는 자신을 부르는 권태영을 바라보며 의문스럽다는 표정을 지었다.

"저번에 그거 유효하나?"

"네?"

"내가 VIP를 치길 원한다면, 죄를 만들어오겠다는 그거 말이다."

권태영은 무언가 확인해 보고 싶은 듯 진우를 향해 물어왔고, 진우는 고개를 끄덕이며 입을 열었다.

"네. 부장님께서 그리하라고 하시면 하겠습니다."

진우의 답에 권태영은 피식 웃더니 나가보라는 듯 손짓을 했고, 진우는 다시 한번 고개 숙여 인사하고는 부장실을 벗어났다.

"아, 선배 늦었습니다."

"괜찮아, 앉아."

서초동의 한 고급 바, 혼자서 술로 목을 축이고 있던 중수부장 권태영은 이재윤이 고개를 숙여 인사하자 자리에 앉으라는 듯 손짓했다.

"1과장한테 사건 인계하고 오느라 늦었습니다."

"그래? 1과 반응은 어때?"

"어떻긴요? 좋아하죠. 1과장은 눈앞에서 유태호 선배 옷 벗는 걸 지켜본 사람인데. 뭐, 어쨌든 선배한테도 고마워하는 거 같아요."

"참, 단순해."

유태호는 검찰총장이 될 수 있는 인물이었지만, 공안의 반대와 대통령의 의중으로 인해 검찰 옷을 벗게 되었고, 공안에 이를 갈던 유태호 측근에게 권태영은 일종의 배려를 해준 것이었다.

권태영은 그렇게 말하며 작은 잔을 들어 올렸다.

"현진우는 어때?"

"뭐가요?"

과일을 주워 먹던 이재윤은 앞뒤 다 자르고 말하는 권태영의 물음에 궁금하다는 표정을 지었다.

"군소리 없었냐는 말이지."

"그럼요, 좀 특이한 놈 같아요."

"어떤 점에서?"

"보통 작은 사건 크게 만드는 애들의 특징을 보면 못 참아서 막 들이받고 그러잖아요."

"나 들으라고 하는 소리야?"

"에이, 선배는 초임 때 딱 한 번 그랬다면서요? 어쨌든, 올해 2년 차 검사가 너무 평온해. 속을 읽을 수가 없어요. 선배는 어때요? 현진우 속 읽을 수 있어요?"

이재윤의 물음에 권태영은 고개를 가로저었다.

"나도 잘 모르겠더군. 보통 뭔가 하라고 하면 왜 그래야 하냐라고 물어야 하는데, 그냥 아무 말 없이 하겠다고 하니, 속을 알 수가 있나."

"어쨌든 보기 힘든 캐릭터인 건 맞는 거 같아요. 일 잘하는 거랑은 별개로."

이재윤의 말에 권태영은 고개를 끄덕이며 술잔을 들어 올렸다.

이재윤도 술잔을 들어 올려 권태영과 건배를 하고는 입을 열었다.

"어때요? 이제 통과예요? 선배가 확실하게 얘기를 안 해 주니까, 저도 그 현진우를 대할 때 내 스탠스를 정하기가 힘들어요. 일 잘하는 놈 이뻐해 주고 싶어도 그럴 수가 없어, 언제 나갈 놈인지 모르니까."

권태영은 한참 아무런 대답을 하지 않다가 고개를 끄덕였다.

"합격이야. 오랜만에 제대로 써보고 싶은 놈을 만났어."

"근데 왜 그렇게 뜸 들여요?"

"그냥, 감정을 알 수 없는 놈이라는 게 약간 맘에 걸렸을 뿐이야."

"하기야, 선배는 상대의 속마음까지 훤히 들여다봐야 직성이 풀리는 사람이니까."

이재윤은 피식 웃으며 술잔을 들이켰다.

"어떻게 키울 거예요?"

"내가 말했잖아, 제대로 써보고 싶은 놈을 만났다고. 키우고 뭐고 할 필요가 없는 놈이야. 이미 완성된 상태로 우리한테 왔어. 그러니 이 과장, 너도 안심하지 말고."

"나야 뭐, 12년 동안 충성했는데 선배가 나를 버리겠어요?"

이재윤의 말에 권태영은 피식 웃음을 터뜨렸다.

다음 날, 진우는 출근하자마자 여전히 정보를 정리하고 있었다.

"이거, 이제 네가 안 해도 돼."

진우가 서류에 한참 집중하고 있을 때, 사무실로 들어온 2과장 이재윤이 진우에게 다가와 입을 열었다.

"네?"

"이런 정보 정리, 이제 네가 할 일 아니라고. 상자에 다시 담아서 실무관님 드려."

"그럼……."

"축하한다. 권 부장님께서 이제 너한테 진짜 중수부의 일을 시켜보라고 하셨다."

그 말인즉슨, 진우는 일종의 테스트에 통과했다는 말이었다.

이재윤의 말에 진우는 고개를 숙였다.

"감사합니다."

"나한테 감사할 필요는 없지, 다 네가 잘한 건데. 나도 조금 놀랐다."

이재윤은 그렇게 말하며 진우의 어깨를 두드려 주었다.

"진짜 중수부의 일이 뭔지 궁금하지 않냐?"

이재윤의 물음에 진우는 미소로 대답을 대신했다.

"따라와 봐."

진우는 이재윤을 따라 그의 자리로 갔는데, 이재윤은 씩 웃으며 자신의 책상 위에 있는 서류 뭉치를 진우에게 넘겨주었다.

"이게 진짜 중수부의 일이거든, 내 뒤에 있는 서류 상자들 보이지?"

이재윤 자리의 뒤에는 형사7부 생활과는 비교도 할 수 없을 만큼의 서류 상자들이 나열되어 있었다.

진우가 옆에 서서 아연실색하는 듯한 표정을 짓고 있으니, 이재윤은 뭐가 그리도 재미있는지 실실 웃으며 입을 열었다.

"그런 표정 하기엔 이른데. 이거, 한 30만 장 되려나……이 정도는 약과야. 어쨌든 이번 달 안에 우리가 전부 파악해야 할 서류다. 자! 이럴 시간이 없어요, 서류 들고 가서 시작!"

이재윤은 그렇게 말하며 진우의 등을 떠밀었고, 진우는 놀란 표정을 지었다가 서류를 들고 자신의 자리로 돌아가 이내 피식 웃음을 터뜨렸다.

'그래, 이게 내가 아는 검사가 할 일들이지.'

진우는 그렇게 생각하며 서류를 넘기기 시작했다.

CHAPTER 5

"금동이 들어올게요~"

한 달 후, 진우는 쉬는 날을 맞아 금동이 정기검진을 위해 동물 병원을 찾았다.

"안녕하세요."

진우가 들어가서 인사하자마자, 수의사 양진숙은 웃으며 진우를 바라보았다.

"어서 와."

진우가 진료 테이블 위에 금동이를 올려두자 수의사는 금동이와 교감을 하는 듯 금동이의 볼을 비비적거렸다.

"신기하네요."

"뭐가?"

"금동이는 제가 볼을 비비면 싫어하는데, 선생님이 하는 건 가만히 있잖아요."

진우의 말에 양진숙은 미소를 지었다.
"당연하지, 나는 수의사인데. 이런 것도 못 하면 밥 못 벌어먹어요. 요즘 금동이는 어때?"
"좋아요. 아침에 물통과 밥통을 채워놓고 나가면 거의 다 먹었더라고요."
"진우, 너는 보통 몇 시쯤 집에 들어가니?"
"글쎄요…… 워낙 대중없어서 보통 밤 열한 시쯤……."
"금동이 많이 외로웠겠구나?"
"미야앙-"
진우의 대답에 양진숙은 금동이를 향해 물었고, 금동이는 마치 동의한다는 듯 작게 대답했다.
"집에 캣 타워랑 장난감은 많이 사뒀지?"
"그럼요. 창문 앞에도 금동이 지정석을 만들어뒀어요. 주말에 보면 내내 그 앞에서 동네에 지나가는 사람들을 지켜보더라고요."
진우는 혼자 있을 금동이가 외로울까 봐 만반의 준비를 해둔 상태였다.
"잘했어. 둘 다 참 언제 나이를 이만큼씩 먹었니? 한 녀석은 검사가 되어서 돌아왔고, 금동이는 이제 나를 봐도 도망가지를 않을 만큼 컸네."
양진숙은 마치 자랑스럽다는 듯 진우와 금동이를 번갈아 보며 이야기를 이어나갔다.

"네가 금동이를 데리고 이 방에 들어올 때마다 아직도 그때가 조금씩 떠오른단다. 다 죽어가는 금동이를 데리고 와서 살려달라고 하던 네 모습 말이야."

"그땐 왜 그랬을까요? 돈 한 푼도 없이 다짜고짜 쳐들어와서 살려달라고 할 용기는 어디서 나왔는지…… 아직도 잘 모르겠어요."

"그 마음을 아니까, 금동이도 진우 너를 선택한 거지."

진우가 고시생일 때 길가에 누워 숨을 헐떡이던 새끼 고양이를 처음 만났다.

눈도 제대로 뜨지 못하던 고양이는 금방이라도 숨을 멈출 듯 위태로워 보였는데, 진우는 그 모습이 마치 혼자남은 자신과 같아 보였다.

그리고 양진숙은 그런 진우와 금동이의 은인과도 같은 사람이었다. 진우와 떨어지기 싫어했던 금동이를 진우가 사법고시에 합격하는 날까지 맡아준 것도 그녀였다.

"어쨌든 진우, 네 앞으로는 그때의 빚까지 치료비 청구하고 있으니까 마음 단단히 먹고!"

"그럼요."

양진숙의 농담 섞인 말에 진우가 미소를 지으며 대답하자, 양진숙도 진우를 바라보며 미소를 짓고는 금동이를 바라보았다.

"금동이 보니까 큰 문제는 없어 보이는데, 오랜만에 왔으니 피 뽑고, 초음파도 좀 하고 가."

2, 30분쯤 지났을까, 금동이의 정기검진이 끝나자 양진숙은 웃으며 진우와 금동이를 향해 다가왔다.

"다 좋아. 피 검사 문제없고, 초음파도 문제없고, 시간 없어 보이더니 발톱은 자주 깎아주나 봐?"

"주말마다 어찌나 놀아달라고 민원인지…… 잘못하다간 큰일 나겠다 싶어서 열심히 해주고 있어요."

"잘했어. 이제 가도……."

양진숙은 버릇처럼 진우와 금동이의 진료비를 받지 않으려 하자 진우는 품속에서 봉투를 하나 꺼냈다.

"선생님, 그때 진료비까지 넣었어요. 저 이제 월급 꽤 많아 받아요."

그동안 양진숙은 금동이의 치료비를 한사코 거절해왔었다. 진우는 오늘은 무조건 그 빚을 갚겠다고 마음먹은 참이었다.

"금동이 맛있는 거나 사줘."

"선생님, 저는 이날을 기다렸어요. 선생님께 봉투를 드리면서, 저 이제 돈 많이 벌어요, 하고 자랑할 날을요."

진우가 그렇게 말하며 다시 봉투를 내밀자 양진숙은 잠시 고민을 하다 봉투를 받아들었다.

"금동아, 선생님께 인사드려 집에 가야지."

"미야앙-"

"그래. 금동이 잘 가고, 진우도 조심히 잘 가고 자주 와."
"네, 선생님. 그럼 이만 가 보겠습니다."

금동이가 우렁차게 인사하자, 진우도 고개를 숙여 인사를 하고는 동물 병원 밖으로 발걸음을 옮겼고, 양진숙은 한참 진우의 뒷모습을 바라보며 봉투를 손에 꼭 쥐고 있었다.

다음 날, 진우는 신림동의 한 술집 앞에 서 있었다.
'살갑게…… 살갑게…….'

마치 주문을 걸듯 속으로 되뇌던 진우는 술집 문을 열고 들어섰다.

"현진우! 여기야!"

마치 진우를 기다렸다는 듯 열 명쯤 되어 보이는 일행들이 진우를 향해 손을 들어 올렸고, 진우는 미소를 지으며 손을 들어 인사하고는 그들 곁으로 다가갔다.

"이야, 이게 얼마 만이야."
"현진우가 이런 데 나올 거라고 예상도 못 했다."

진우의 사법연수원 동기들이었는데, 전날 검사 임용식에서 만난 남경진의 전화를 받고 동기 모임에 참석하게 되었다.

"자자, 다들 진우가 반가운 건 알겠지만! 일단 진우 인사부터 듣자고."

모임의 주최자인 남경진은 마치 사회를 하듯 진우를 자신의 옆으로 데리고 와 인사를 시켰다.

"다들 오랜만이다. 37기 동기들을 사회에 나와서 만나니까 더 반갑네. 잘 부탁한다."

진우의 인사에 모두 웃으며 손뼉을 쳤고, 개중에는 휘파람을 부는 동기까지 있었다.

"진우, 너 이번에 중수부 갔다며?"

한 동기가 그렇게 말을 꺼내자 다들 초롱초롱한 눈으로 진우를 바라보았다.

"썰 좀 풀어봐. 어떻게 간 거야?"

"야야, 너도 검찰 조직 치겠다고 만들어진 특검 가서 깽판 쳐. 그럴 깡 있으면 선배들이 이쁘다 하고 데려가지."

남경진은 진우의 대변인이 된 듯 물음에 대신 답했고, 진우는 피식 웃으며 자리에 앉았다.

그날 동창회의 주인공은 누가 뭐래도 진우였는데, 진우는 한평생 아웃사이더로 살아와서 그런지 그런 자리 자체가 불편했지만, 내색하지 않으려 애썼다.

"우리는 요즘 엄청 시끄러워, 경찰 쪽이랑 치고받기 시작해서."

"왜?"

"다시 수사하라고 지휘했더니, 경찰에서 들고일어나서,

일선 경찰서 서장이 우리 차장 들이받았잖아."

"그 정도야?"

진우는 동기들의 얘기를 가만히 듣고 있었다.

아무래도 요즘 들어 경찰과 검찰 간의 충돌이 잦아지는지 들려오는 소식들이 전부 저런 성질의 이야기였다.

"그래, 우리 차장 벙쪄가지고…… 경찰 편의 봐주라고 우리한테 명령하면서도 이를 갈더라니까."

"그럴 만도 하지……."

"두고 보라고 우리한테 막 그러는데 어우, 요즘 경찰이랑 분위기가 정말 살벌해."

두 사람이 얘기를 나누고 있을 때, 다른 동기가 입을 열기 시작했다.

"우리 이번에 전직 경찰청장 조사 들어갈 거 같아."

다들 술이 들어가고, 어느 정도 취기가 올라오자 일에 관해 얘기하기 시작했다.

이 자리에 있는 동기들은 전원 수도권 검찰청으로 발령받은 동기들이라 그런지, 의외로 동창회가 아닌 정보가 떠다니는 자리였다. 진우는 이런 곳인지 알았더라면 이전 삶에서도 참석했으면 좋았으리란 생각이 들기 시작했다.

"전직 경찰청장?"

"뭐더라? 건설 쪽 업자랑 붙어먹은 게 있는 거 같더라고, 우리 쪽에서 건설 업자 수사하다가 별건으로 건져 올린 거야."

진우는 맥주를 홀짝이며, 동기들의 대화를 듣고 있었다.

"그래서 경찰청장은 소환하냐?"

"일단 아직은 내사단계. 쉬쉬하는 수준이야."

"안 그래도 시끄러운데 이번 거 잘하면 경찰 조용히 시킬 수 있겠네."

"그래, 그래서 우리 선배들도 지금 심혈을 기울이는 중이야."

두 사람의 대화를 지켜보며 진우는 기억을 떠올리기 시작했다. 분명 이전 삶에서 있었던 사건이었기 때문이다.

"그나저나 진우, 너는 어때?"

한참 생각을 하던 그때, 동기 한 명이 진우를 지목해 오자, 진우는 생각을 멈추고는 입을 열었다.

"뭐가?"

"중수부 생활 말이야. 우리보다는 쉽지? 우리 형사부보다는 사건이 적을 거 아냐?"

"사건은 적은데, 검사 있는 곳이 다 똑같지. 사건 서류 같은 거 30만 장 넘는 건 예삿일이던데?"

"30만 장?"

"그래, 그걸 한 달 안에 처리하라고 하니까 죽는 줄 알았어."

"어우, 대단하네. 우리야 뭐, 단독 임관하고 나서 그런 일이 왕왕 있긴 하지만, 형사부가 아니라 특수도 그렇다고 하니까 신기하긴 하네."

"사람 사는 데 다 똑같지 뭘……."

진우는 미소를 지으며 대답했다.

"그래도 사정 정국을 특수 쪽에서 치고 나가는 걸 보니, 우리도 앞으로 진우, 네 덕 좀 볼 수 있겠지?"

진우는 이런 부탁들이 영 껄끄러워 이전에도 이런 자리는 참석을 꺼렸었다. 아무래도 서로 밀고 당겨준다는 개념이 낯설었기 때문인데 이젠 답을 알고 있었다.

"그럼 너도 내가 잘될 수 있게 도와줘라."

"하하하, 당연하지! 우리 현 프로님, 중수부장 되시도록 내가 매일 물 떠놓고 기도할게."

진우는 상대도 진심으로 하는 말이 아니라는 것쯤은 알고 있었다. 그저 기회가 되면 자신을 생각해 달라는 일종의 부탁이었는데, 그런 것들은 그저 이런 식으로 흘리면 된다는 걸 최근 들어 배우고 있었다.

결국, 모든 것은 사람 장사라는 걸 지난 삶에서 뼈저리게 배우고 느꼈다.

"자자, 오늘 다들 죽어라 마시고! 내일은 멀쩡한 상태로 출근하자!"

이 자리의 주최자인 남경진은 술잔을 들어 올리며 모두에게 소리쳤고, 진우도 웃으며 술잔을 들어 올렸다.

"이건 일반 지검 특수부로 내려보내도 될 거 같은데 현 프로, 네 생각은 어때?"

사흘 후, 진우는 2과장 이재윤과 함께 정리하던 자료에 관해 얘기를 나누고 있었다.

"나쁘지 않은 것 같습니다."

"그래. 지금 1과, 3과는 다른 사건 처리하느라 바쁘게 돌아가고 있으니까, 우리는 이런 잔잔한 사건들은 지검으로 내려보내고, 혹시 모를 생길 일에 대비하는 느낌으로 가 보자."

"네, 알겠습니다."

"뭐, 요즘 새로운 정보 들어온 건 없고?"

이재윤은 마치 숙제를 확인하는 선생님처럼 진우에게 물어봤는데, 진우는 고개를 끄덕이며 입을 열었다.

"동부지검에서 전직 경찰청장을 수사하고 있는 듯합니다."

"그래? 정식으로? 아니지, 정식 수사면 기사가 나왔을 텐데…… 내사구나?"

"네. 건설업자의 뇌물 청탁에 대해 수사하다가 별건으로 건져 올린 것 같은데, 아직은 말씀하신 대로 내사단계인 것 같습니다."

"그래? 너는 이 정보 어디서 들었어?"

"동기가 동부지검에서 이 사건을 맡은 형사부 소속입니다."

진우의 말에 이재윤은 고개를 끄덕이다 진우를 바라보았다.

"너도 동기들한테 우리 쪽 얘기해 주냐?"

"아뇨, 저는 그저 듣고만 있습니다. 워낙 그런 곳에 나가서 입을 열고 이러는 게 익숙지 않아서요……. 부작용도 많이 봤고요."

"그래, 잘했어. 우리 쪽 정보는 말하지 말고 살살 저쪽 정보만 듣는 방식으로 알지? 너는 똑똑한 놈이라 잘 알 거야. 내가 무슨 말 하는지."

"네, 알겠습니다."

진우는 이재윤을 향해 웃으며 인사하고는 자리로 돌아왔다.

"부장님, 어디 가십……."

한참 진우가 일하고 있을 때, 이재윤의 목소리가 들려와 고개를 드니 중수부장 권태영이 부장실에서 튀어나오듯 재빠르게 빠져나오고 있었다.

"나중에, 다녀와서 얘기해."

권태영은 그렇게 말하고는 쏜살같이 사무실을 벗어났고, 중수부의 모든 검사는 무슨 일이 터졌구나 싶어 놀란 표정으로 그의 뒷모습을 바라보았다.

"이걸 받아들이면 경찰에 대한 우리의 영향력이 줄어듭니다. 우리 조직을 향한 경찰의 도전입니다!"

대검찰청 8층, 검찰총장실에는 검찰 간부들이 자리하고 있었고, 그들은 어두컴컴한 방에서 유일하게 밝혀진 화면에 집중하며 한 남자의 브리핑을 듣고 있었다.

"오늘 국회 사법제도개혁 특별위원회에서 내놓은 형사소송법과 검찰청법 개정안은 경찰에게 수사 개시권, 즉 우리 검찰의 명령 없이 경찰이 수사를 시작할 수 있도록 하겠다는 골자로 짜였습니다."

스무 명쯤 안 되어 보이는 검찰 간부들 상대로 핏대를 세우며 자신의 의견을 말하는 기획조정부장은 검찰 기획통의 총수장이었다.

"수사 개시권 정도는 경찰에게 줘도 되는 것 아닙니까? 이미 일선 경찰들이 절도나 폭력, 교통사고 같은 건들은 우리의 지휘가 없더라도 수사를 시작하고 있지 않습니까? 수사 개시권은 경찰에 내주어야 검, 경 공조 측면에서……."

2011년 현재는 경찰이 고소, 고발이 들어와도 검사의 허락이 없이는 수사를 시작하는 게 불가능한 상태였다.

이 문제에 관해 온건한 태도를 보인 간부의 말에 기조부장은 미간을 잔뜩 찌푸리며 입을 열기 시작했다.

"그것은 지금까지 우리가 경찰의 편의를 봐줘서 가능한 일이지, 우리가 법을 걸고넘어지면 불가능한 일입니다!"

기조부장은 자리에 참석한 모두를 향해 점점 목소리를 높이기 시작했다.

"수사 개시권 정도는 내주어도 되는 거 아니냐고 말씀하셨는데, 해당 법 조항의 개정은 경찰에 대한 우리의 영향력을 잃게 되는 것이나 다름없습니다."

기조부장은 마치 하나도 양보할 수 없다는 듯 이야기를 이어나갔다.

"당장 경찰은 검사의 명령에 복종하여야 한다는 검찰청법 조항까지 삭제하고 있지 않습니까!"

검찰의 브레인이라 불리는 기획통의 수장답지 않게 기조부장은 감정이 격앙된 모습이었다.

"하나를 내어주면 두 번째는 쉬워집니다. 수사 개시권을 내주었으니 다음은 지휘권을, 그다음은 기소권마저 내놓으라고 할 겁니다. 우리 조직의 존폐가 걸린 사안으로 봐야 합니다!"

"경찰 반응은 어때?"

한참 얘기를 듣던 검찰총장 정무진의 물음에 기조부장은 작게 한숨을 내쉬고는 입을 열었다.

"당연히 두 손 들어 반기고 있습니다. 수사 개시권을 가져가려고 부단히도 노력했으니까요."

수사 개시권 문제는 경찰에게 아주 중요한 문제였다.

검찰은 경찰에 영향력을 계속 행사하고 싶어 했고, 경찰은 검찰의 영향력에서 벗어나고 싶어 했다.

지난 세월 경찰은 수사 개시권을 따내기 위해 노력했지만, 검찰의 반발에 단 한 발짝도 못 나갔었다.

경찰은 이번 기회를 놓치지 않겠다는 듯 온 힘을 다해 수사 개시권을 따내겠다는 태도였다.

"VIP가 검찰 개혁을 얘기한 시점부터 공이 국회로 넘어가자 경찰에서는 국회 법사위 위원을 상대로 입법 로비를 펼친 것으로 보입니다."

기조부장은 다시 목에 핏대를 세우며 모두를 향해 말을 해나갔다.

"경찰에는 우리에게 없는 것이 한 가지 있습니다. 바로 정보를 독점하는 정보 경찰의 존재입니다. 우리 검사의 수가 2천 명이 조금 넘을 때, 그들은 정보 경찰만 3천 명이 넘는 인원을 가지고 있습니다."

정보 경찰은 경찰 본청의 정보국, 일선 지방경찰청의 정보국, 그리고 아주 작은 시의 경찰서에도 정보계가 존재할 만큼 비대한 조직이었다.

"도대체 이 3천 명이 넘는 인원을 가지고 무엇을 하는지 우리는 알 수 없습니다. 경찰의 IO(정보관)들은 어제는 국회의원 보좌관을 만나고, 내일은 기자를 만나고, 그다음 날은 일반 공무원들을 만납니다. 이들이 뭐 하는 거겠습니까? 법원의 영장도 없이 정보를 수집하고 다니는 겁니다. 언제 우리 목을 옥죌지 모르는 일입니다."

기획조정부장은 검찰 내에서 수사권 문제가 있을 때는 스페셜리스트나 다름없었다. 어느 분야나 참모진이 하는 일들은 다 그렇겠지만, 조직을 방어하고 상대를 공격하는 논리는 모두 그의 머리에서 나왔다.

"무늬만 범죄정보를 수집하지, 실상은 정치적인 행동을 하는 사람들이 3천 명이나 되는 겁니다, 경찰이란 조직에는 말입니다. 그런 조직에 수사 개시권까지 넘어간다? 그러면 치안과 정보, 사정 모두를 담당하는 국정원보다 더 거대한! 권력기관이 탄생할지도 모르는 일입니다."

"확실히 거대 권력기관의 탄생이지. 지금까지 우리 검찰이 우산이 되어 그들을 막아왔고 말이야."

기조부장의 브리핑을 듣던 검찰총장 정무진은 비서를 향해 손가락을 튕겼고, 비서는 재빠르게 총장실의 모든 전등을 켰다.

"그래서, 자네가 내린 답은 뭐야?"

"수사 개시권, 단 한 발짝도 양보할 수 없습니다. 우리 조직의 존폐가 걸린 중요한 문제입니다."

정무진은 조직의 존폐까지 거론하는 기조부장의 말이 거슬렸지만, 고개를 끄덕이며 입을 열었다.

"수사 개시권에 대해 단 한 발짝도 양보할 수 없다는 기조부장의 말에 나는 동의하네. 수사 개시권을 내주는 것은 우리가 그동안 지켜왔던! 철옹성에 구멍을 내는 것과 똑같은 일이야. 아주 작은 구멍이라 할지라도, 그 구멍으로 인해 앞으로 성 전체를 내주어야 할 수 있다는 말이야."

정무진은 검찰 내에서도 경찰과 공조를 중요시하는 온건파 총장이었지만, 수사권은 달랐다.

"경찰과의 공조라는 것도! 우리가 지휘하는 형태로 해야! 공조가 있을 수 있지, 저들과 동등한 입장에서는 있을 수 없는 일이야!"

정무진의 생각이 모든 검사의 생각일 것이다.

"기조부장."

"네, 총장님."

"모든 언론 창구, 국회에 파견 나가 있는 검사들 모두 동원해도 좋다. 이 일은 적극적으로 시작부터 막아야 하는 일이라는 걸 명심하고."

"네, 알겠습니다."

"석 부장."

"네! 총장님!"

회의에 참석하고 있던 공안부장 석동일은 정무진을 바라보며 크게 대답했다.

"공안에서도 이번 일 타개할 방법 있나 적극적으로 생각해 봐."

"예! 알겠습니다!"

"권 부장."

"네."

"중수부 쪽에서는 어떻게 대응할 건가?"

"돌아가서 식구들과 회의해 보도록 하겠습니다."

정무진은 뜨뜻미지근한 권태영의 답이 마음에 들지 않았지만, 지금은 누구보다 단합이 필요할 때라는 걸 알았고 권태영도 최후엔 누구보다 열심히 나설 거라는 걸 알았다.

"좋아. 일선 형사부 검사들은 동요하지 말고, 현재 수사하는 건에 대해서 누구보다 열심히 하라고 전달해! 그게 제일 중요한 거야. '경찰보다 검찰이 수사 더 잘하고, 원래 수사는 검찰이 하는 거다!'라는 것을 모두에게 보여줘야 한다."

"네, 알겠습니다!"

정무진의 말에 모든 간부가 큰 목소리로 대답했다.

"기획부, 중수부, 공안부는 이 일에 조직의 사활이 걸렸다는 것만 알고, 수단과 방법을 가리지 않는다. 알았나?"

"네. 알겠습니다."

"좋아. 해산!"

정무진의 말에 대검 간부들은 자리에서 일어나 검찰총장실을 벗어났다.

※

 한편, 진우는 권태영이 무슨 일이 터진 사람처럼 사무실을 벗어나던 모습이 머릿속에서 떠나지를 않았다.
 '이 시기에 정확히 무슨 일이 있었지?'
 너무 많은 기억이 혼동되어 특정되지 않는 기억을 떠올리기는 여간 힘든 일이 아니었다.
 지이잉-
 그때 진우의 휴대전화 진동음이 들려왔고, 진우는 재빠르게 휴대전화를 들어 올려 화면을 확인했다.

 [국회 사개특위에서 검경 수사권 조정에 대한 개정안을 내놨다는데 너희 쪽에 소식 갔냐?]

 서필규의 메시지였는데, 진우는 메시지를 확인하자마자 기억이 난다는 듯 손가락을 튕겼다.

 [아직입니다. 오늘 발표 난 겁니까?]
 [아니, 아직 발표는 안 났어. 나는 우리 쪽에 들어온 법조 기자가 슬쩍 말해주더라고, 수사 개시권을 넘겨준다는데 대검은 아직이야?]
 [아까 부장님이 급하게 뛰어나가셨는데, 그 일에 대한

대응책을 논의하기 위해 가신 것 같습니다.]
 [아, 그래. 아마 내일쯤 정식으로 발표할 것 같다더라. 너도 미리 알아두면 좋을 것 같아서 메시지 했다.]
 [필규 선배, 늘 감사합니다. 선배뿐입니다.]
 [짜식, 말만 하지 말고 네 월급날 내가 안다!]
 [알겠습니다! 찾아뵙겠습니다.]
 [그래, 수고하고.]

 서필규와 메시지를 마친 진우는 심각한 표정을 짓기 시작했다.
 이 무렵 사정 정국을 단숨에 쏙 들어가게 만드는 이슈가 있었다. 바로 수사 개시권을 조정하는 국회 사개특위의 개정안이었는데, 두 줄의 문장 변경과 한 조항의 삭제로 일어나는 검찰, 경찰 간의 총성 없는 전쟁의 시작이었다.
 "야, 현 프로."
 진우가 한참 고민에 빠져 있을 때 누군가 자신을 불렀고, 목소리가 들리는 방향으로 고개를 돌렸다.
 "네, 과장님."
 진우의 시선이 향한 곳에서는 이재윤이 무언가 고민하는 듯 '쓰읍' 하면서 입맛을 다시며 다가오고 있었다.
 "내가 아무리 머리를 돌려봐도 답이 안 나오거든, 우리 부장님 왜 저렇게 급하게 나가셨을까?"

이재윤도 진우와 똑같은 고민을 하고 있었던 것 같았다.

"전화를 한번 싹 돌려봐야 하나……."

"검경 수사권 조정 문제 같습니다."

진우의 말에 이재윤은 두 눈을 크게 뜨고 진우를 바라보았다.

"수사권 조정?"

이재윤은 큰 소리로 떠들어댔다가, 자신의 목소리에 자신도 놀란 듯 진우의 옆에 의자를 가져와 앉으며 작은 소리로 다시 물었다.

"수사권 조정? 어디서 들은 거야?"

"개인적으로 친한 법조 기자가 흘린 정보입니다. 기자가 파악한 게 아마 맞지 않을까요?"

진우의 말에 이재윤의 표정은 한없이 진지해지기 시작했다. 진우는 이재윤의 저런 표정을 처음 봤다.

"부장이 이 일로 간부 회의에 들어간 거면, 곧 우리도 뭔가 대책 마련 방안을 내놓아야 할 것 같네. 현진우."

"네, 과장님."

"그…… 네 동기가 따고 있다는 전직 경찰청장 비위 자료 있지?"

"네."

"그거, 정보만 따로 달라고 해봐."

"수사를 넘겨받는 게 아니라요?"

"그래. 일단 우리도 그 사건의 크기를 좀 봐야 하니까, 일단 정보만 받아 와. 할 수 있지?"

"네, 할 수 있습니다."

"좋아. 그럼 지금 바로 움직이자."

이재윤이 그렇게 말하자, 진우는 자리에서 일어나 재킷을 챙겨 입고는 사무실 밖으로 발걸음을 옮기기 시작했다.

'이재윤이 너무 일차원적으로만 생각하는 것 같은데……'

진우는 이 사건을 경찰을 압박하고, 국민에게 경찰은 나쁜 사람들이라는 감정을 심어주려는 이재윤의 생각이 나쁘지 않다는 것은 알았다. 그것이 지난 세월 경찰과의 갈등에서 검사들이 사용해온 방법이니까, 물론 경찰도 검사의 비위 사실들을 사용하곤 했다.

'나는 이 일이 어떻게 흘러갈지 알고 있으니까…….'

이재윤은 이 사건이 어떻게 흘러갈지 모르니 그렇게 생각할 수도 있다고 진우는 받아들였다. 다만, 이 사건의 끝을 진우는 잘 알고 있었다. 그렇다면 그들과 달라야 했다.

'흠집 내기는 그대로 가더라도, 결과에 대응하는 전략도 따로 준비해야 한다.'

그것이 자신은 다른 사람들과는 다른 답을 내어놓을 수 있는 특별한 존재라는 것을 모두에게 인정받고, 최종의 목표를 향해갈 수 있는 지름길이었으니까.

진우는 그렇게 생각하며 굳은 표정으로 발걸음을 옮겼다.

✳

 진우는 택시에서 내리자마자 걸려온 전화를 급하게 받아 들었다.
 "현진우입니다."
 -어디야?
 "지금 대검 입구입니다."
 -들어오면 바로 부장실로 와. 너 기다리고 있으니까.
 "네, 알겠습니다."
 진우는 이재윤의 지시로 서울동부지검에서 근무 중인 동기를 만나 수사 보고서를 챙겨 대검으로 돌아오는 길이었다.
 이재윤의 다급한 전화에 진우는 재빠르게 발걸음을 옮겼다. 중수부 사무실로 들어서 보고서를 복사한 후 부장실 문에 노크하고는 들어섰다.
 "어, 왔어?"
 "늦었습니다."
 "아니야, 앉아."
 이재윤의 말에 진우는 자리에 앉으며 이재윤과 권태영의 앞에 수사 보고서를 내려놨다.
 두 사람은 마치 기다린 것은 진우가 아니라 수사 보고서라는 듯 읽어 내려갔다.

"수사 보고서입니다. 동부지검 내부 보고용 문서를 얻어왔습니다. 한 장짜리인데, 제가 간추려서 설명드리겠습니다."

진우는 그렇게 말하며 수사 보고서를 읽어 내려가는 두 사람을 향해 입을 열기 시작했다.

"2005년, 건설업자 장 씨는 부산의 한 아파트 공사의 이권을 취득하기 위해 조직폭력배를 동원하여 상대 업체를 몰아냈습니다."

"조폭까지 연루됐다고?"

"네. 그 이후 상대 업체가 경찰에 고소한 사건을 무마하기 위해 전직 경찰청장을 처음 만난 것으로 보입니다."

진우의 설명에 두 사람은 고개를 끄덕이며 계속해 보라는 듯 진우를 바라보았다.

"실제 장 씨와 경찰청장의 만남 이후, 상대 업체에서 고소한 건은 무혐의로 흐지부지되었고, 경찰청 인근에서 십여 차례 경찰청장을 만나 현금으로 2억을 지급한 것으로 보입니다."

"2억? 많이도 받아먹었네."

"네. 이후 건설업자는 경찰청장과의 친분을 얘기하며 다른 경찰관들을 포섭했습니다. 내가 말만 하면 네가 원하는 자리로 보내주겠다는 얘기를 하며 말입니다."

"하하하, 흔히 있는 일이지. 그게 높은 사람한테 로비하는 이유야. 밑에 사람은 자동으로 따라오거든."

"부장님의 말씀처럼 실제로 자신이 포섭한 경찰들의 인사를 잘 부탁한다며 경찰청장에게 말했고, 원하는 자리로 인사 발령까지 받은 것으로 밝혀졌습니다."

"얼씨구, 인사 청탁까지."

진우의 말에 마치 추임새를 붙이듯 대꾸를 하던 이재윤은 중수부장 권태영을 바라보며 입을 열었다.

"부장님, 어떻습니까? 이 정도면 우리가 수사 넘겨받아서 진행해도 되지 않을까요? 1과랑 3과는 지금 수사 중인 사건이 있으니, 저희 2과에서 맡겠습니다. 일선 지점에서 특수부 검사 몇 명만 파견 붙여주십시오. 크게 떠들어댈 자신이 있습니다."

자신감이 넘치는 이재윤의 말에 권태영은 답을 미루고는 진우를 바라보며 입을 열었다.

"동부지검에서는 이 사건을 어떻게 알아차린 거지?"

"장 씨가 고위 공무원을 상대로 청탁했다는 첩보를 입수, 자금 흐름을 추적하다 별건으로 발견한 것 같습니다. 장 씨의 자백도 있었고요."

"피의자가 자백했다는 거면 신빙성은 높고……. 이런 놈들은 보통 한 사람에게만 로비하지 않는데?"

"네. 전직 총경부터 치안감, 그리고 해경 간부까지 이름이 나온 상황입니다."

두 사람의 얘기를 듣고 있던 이재윤은 혀를 쯧쯧 차며 권태영을 바라보았다.

"선배, 이거 우리가 넘겨받을 만한 사건 같습니다. 넘겨받아서 이번 수사권 조정 정국에 우리가 치고 나가죠."

보채듯 말하는 이재윤의 말에도 권태영은 무언가 아니라는 듯 눈을 이리저리 굴리며 고민에 빠진 것 같은 모습이었다.

"뭔가, 뭔가가 이상해. 경찰청장이 아무것도 없는 일반 건설업자를 만나는 과정이 영 탐탁지 않아."

권태영이 망설이는 것은 그 이유였다.

우리나라의 건설업자의 수가 한둘도 아니고 경찰청장이란 직책에 있는 사람이 일반 건설업자를 만나, 인사 청탁을 들어주고 돈을 수수한 가벼운 사건이라고 보기에는 두 사람의 접점이 보이지 않았다.

두 사람을 연결해 줄 수 있는 별것 아닌 아주 작은 접점이라도 있어야 했다.

"내가 알고 있는 뇌물 받아먹는 놈들의 습성은 단 하나야. 이 돈을 받아먹을 때 탈이 나는지 안 나는지 고려하고 받는다는 거, 그거 하나."

권태영은 진우와 이재윤 두 사람을 바라보며 이야기를 이어나갔다.

"그런데 너무 매끄럽게 청탁을 받고, 돈까지 받아들였다는 게……."

 진우는 권태영과 이재윤을 바라보며 입을 열었다.

 "그 부분에 관해서 제가 들은 정보를 따로 말씀드리자면……."

 진우가 망설이듯 서두를 꺼내자 두 사람은 진우의 입이 열리기만을 기다렸다.

 "VIP가 후보 시절 경제계획 중 토목 쪽 계획을 설계한 게 건설업자 장 씨의 형입니다."

 진우의 입에서 의외의 말이 나오자 두 사람은 놀란 표정을 지었다.

 "어디서, 어디서 나온 정보야?"

 이재윤은 당황한 듯 말까지 더듬으며 진우를 향해 물었다.

 "동부지검에서도 아직 모르는 것 같습니다만, 대검으로 넘어오면서 개인적으로 기자들에게 알아본 결과입니다."

 사실 이는 후에 밝혀져 대통령이 큰 곤욕을 치르는 사건이었지만, 지금 이 시점에서 이 정보를 아는 건 진우뿐이었다.

 "확실해?"

 "네. 한국대학교 토목학과 교수가 장 씨의 형이고, 건설로 경제를 부양한다는 토목 부양책을 계획한 게 그분입니다."

 "허……."

 "현재까지 밝혀진 죄로는 장 씨나 전직 경찰청장, 그리고 돈을 받아먹은 모두가 처벌은 받겠지만, 임기 말 VIP가 곤경에 처할 테고 그 화를 풀 대상은 우리겠죠."

"그래서 너는 어떻게 했으면 좋겠어?"

"동부지검에서 그냥 수사하도록 두시는 게 좋을 것 같습니다."

"아니, VIP 측근의 동생이라며? 중지시켜야 하는 거 아냐? VIP의 분노가 결국은 우리 조직으로 향할 텐데."

"아마 그 사실이 밝혀질 때쯤이면 수사권 조정 정국은 끝나 있을 테고, 정권이 혹여 바뀐다면…… 오히려 매를 미뤄놓은 죄로 더 크게 매를 맞게 될 겁니다."

이재윤의 물음에 대답하는 진우의 답에 권태영은 고개를 끄덕이며 입을 열었다.

"그래, 내가 불안했던 모든 게 풀리는 좋은 정보다. 이런 정보 하나하나가 조직을 살리는 거야. 현진우, 잘했어."

권태영의 칭찬에 진우는 살짝 고개 숙여 인사를 했다.

"이 사건; 현 프로 말대로 그냥 동부지검에서 수사하도록 둔다. 우리는 개입하지 않는다."

"선배, 그럼 이 사건에서 우리가 하는 일은 뭡니까? 그냥 손을 놓고 있자는 거 아니에요?"

이재윤은 이 정국에서 중수부도 나름 한몫해야 기획과 공안에 밀리지 않는다고 생각하는지 다급해져 있는 상황이었다.

그도 그럴 것이 이 정국에서 조직의 방어와 공격 작전을 주도하는 건 명백하게 기획통들의 일이었고, 공안은 그를 보조하기 좋은 명분을 가지고 있었다.

"우리가 다른 애들보다 잘하는 게 뭡니까? 사건 처리예요. 진우 말마따나 어차피 이 사건 종결 나고 밝혀질 거라면 우리가……."

"동부지검에서 파는 것과 우리가 사건을 맡는 차이를 아직도 모르겠어? 대검 중수부가 사건을 맡는다고 기자들이 냄새를 맡아봐. 피의자의 주변부터 파고들 거라고! 그렇게 되면 훗날이 아니라 당장 내일 그 사실이 밝혀지고, VIP의 분노는 죄를 지은 놈들이 아닌, 이 사건을 파낸 우리한테 돌아온다."

권태영의 말에 이재윤은 말문이 막힌 듯 쓴 입맛만 다셨다.

그렇게 권태영과 이재윤은 마땅히 대응할 것이 떠오르지 않는 듯 생각에 빠졌고, 부장실이 적막에 잠길 때쯤 진우는 입을 열기 시작했다.

"제 생각에는……."

다음 날, 중수부장 권태영은 검찰총장 정무진과 독대를

나누고 있었다.

"그래, 권 부장이 나를 보자고 한 이유가 뭐야?"

"이번 수사권 조정 정국에서 우리 중수부가 할 수 있는 게 무엇일까 생각을 해봤습니다."

권태영은 정무진을 향해 조심스럽게 말을 이어나갔다.

"처음엔 경찰 고위직들의 뒤를 파서, 경찰의 신뢰도를 낮출까……."

"그래! 내가 중수부에 기대했던 것도 그거야!"

정무진은 권태영의 말을 끊으며 제 생각을 얘기하기 시작했다.

"이 정국에서 중수부가 할 일은 그거뿐이지 않나? 평소 정보들을 수집해온 것이 있으니 뭐라도 나올 거 아닌가?"

정무진의 말에 권태영은 역시나 싶어 미리 챙겨온 수사 보고서를 건넸고, 정무진은 권태영이 건넨 보고서를 읽어 내려갔다.

"동부지검에서 현재 수사하고 있는 건입니다. 전직 경찰청장과 건설업자의 유착 사건입니다."

권태영의 설명에 정무진은 마치 금광이라도 찾은 사람처럼 씩 미소를 지으며 입을 열었다.

"그래! 이런 걸 가져오란 말이었네! 2억? 많이도 받아먹었구먼, 동부지검에서 수사 중이라고? 그럼 내가 뭘 해주면 되나? 중수부로 사건을 이관해 주면 되는 건가?"

정무진은 흥분한 듯 말을 계속해서 쏟아내었는데, 권태영은 평온한 얼굴로 입을 열었다.

"그 건설업자가 VIP 측근의 동생이라고 합니다."

권태영의 말에 정무진은 관자놀이를 손으로 꾹꾹 누르더니 그대로 수사 보고서를 테이블 위로 던져 버렸다.

"우리가 팔 수 없는 사건입니다. 지금도 여러 측근의 비리로 레임덕을 겪고 있는 VIP에게 이 사건을 더한다면······ 한 놈만 걸리라고 벼르고 있던 VIP의 분노는 결국, 우리를 향할 테니까요."

권태영의 말에 정무진은 아무런 반박을 하지 못했다. VIP의 성격은 자신도 잘 알고 있었다. 그러고도 남을 사람이었다.

"동부지검에서 그냥 계속 수사하도록 두라고 부서 직원들에게 지시해 두었습니다."

"결국, 수사는 계속······."

"어차피, 수사가 마무리될 단계쯤이면 VIP는 전직 대통령이 될 겁니다. 그냥 이대로 흐르게 두는 게 좋을 것 같습니다."

권태영의 말에 정무진은 두 눈을 감고는 고개를 끄덕이다 이내 눈을 뜨고는 권태영을 바라보았다.

"그럼, 중수부는 이 정국에서 손을 떼겠다는 건가?"

정무진의 물음에 권태영은 고개를 가로저었다.

"총장님께서 저희를 믿고 맡겨주신다면, 이번 사건의 출구전략을 저희가 짜볼까 합니다."

권태영이 그렇게 말하자 정무진은 자신이 잘못 들은 건 아닐까 하고 되물었다.

정무진은 권태영의 말을 이해할 수가 없었다. 보통 그런 일마저 기획부에서 처리하기 때문이다.

"출구전략이라고?"

"네. 이참에 부서 포지셔닝도 확실하게 하는 게 좋을 것 같습니다. 공격 전략을 짜는 기획, 그 전략에 맞춰 칼춤을 추는 공안, 그리고…… 만에 하나 전투에서 패배했을 때 후퇴 전략을 만드는 것은 우리 중수부에서 맡겠습니다."

"기획조정부에는 공격만 맡겨라?"

"네. 논리로 상대를 공격하는 것은 기획, 힘으로 상대를 찍어 누르는 것은 공안과 형사부, 그리고 뒤를 맡는 것은 우리 중수부가 하도록 판을 짜주십시오."

권태영은 확신에 찬 눈빛으로 정무진을 바라보았다.

"검경 수사권 협의회에 저희가 들어갈 수 있게 두 자리만 내어주십시오."

"그전에."

검찰총장 정무진은 자신을 향해 검경 수사권 협의회에 들어갈 수 있도록 해달라는 권태영을 향해 의문스러운 말투로 입을 열었다.

"그전에, 중수부가 하려는 출구전략에 대한 설명이 우선이야."

"지금 제가 우리 조직의 대응책을 보고 걱정인 것은 하나입니다."

"뭔가?"

"뒤가 없다는 겁니다. 수사 개시권을 경찰에 넘기는 건 이제 시대의 흐름입니다."

권태영의 말에 정무진의 입꼬리는 파르르 떨리기 시작했다.

"그게 무슨 말인가! 자네는 그럼 수사 개시권을 경찰에 넘기는 걸 찬성한단 말인가?"

"찬성이 아닙니다. 저도 검사입니다. 수사 개시권을 넘겨주기 누구보다 싫어하는 검사 말입니다."

권태영은 결연한 표정으로 정무진을 향해 이야기를 이어나갔다.

"검찰 개혁을 원하는 국민 여론에 편승한 VIP와 국회는 우리의 힘을 빼놓길 원하고 있습니다."

"언젠 안 그랬나? 권력자들은 늘 그랬어! 우리 조직의 힘을 뺏겠다며, 그것을 빌미로 우리를 자신의 입맛대로 휘두를 수 있길 원했고!"

정무진은 버럭 소리를 지르며 권태영을 바라보았다.

"지금도 우리가 조금만 자세를 낮추면 돼! 지금 VIP 임기 초에 그 서슬이 퍼렇던 칼을 우리한테 들이댈 때도 우리는 살아남았어. 임기 말 힘이 다 빠진 VIP 상대로 못 지킬 일도 없단 말이야."

"총장님, 그때와 지금은 다릅니다. 스폰서 문제도 그렇고 워낙 우리 조직 내에서부터 곪다 보니 VIP는 국회로 검찰 개혁을 하라고 넘긴 상태입니다. 이제 우리는 국회를 상대해야 하고요."

"국회의원 놈들 몇 놈 본보기로 잡아다가……."

"그런 모습 때문입니다. 힘으로 상대를 굴복시키려는, 그런 생각을 먼저 하는 우리를 이제 믿지 못하겠으니 힘부터 빼놓고 보겠다는 겁니다."

"권 부장! 자네도 검사야!"

"맞습니다. 저도 검사입니다. 저는 누구보다 조직을 사랑합니다. 그러니 뒤를 생각하는 겁니다. 국회는 여론이라는 힘을 등에 업고 있습니다. 상대가 그 힘으로 우리 조직의 힘을 빼놓으려고 한다면…… 적어도 저라면 뺏기는 것보다는 타격이 없는 선에서 내어주는 걸 생각하겠습니다."

정무진은 알고 있었다. 지금 흐름은 이전과는 달랐다.

대통령은 임기 초 검찰의 힘을 빼앗겠다고 협박 아닌 협박을 하며 자신들을 써먹고는 임기 말이 되니 검찰의 힘을 빼놓으라며 국회에 공을 넘겼다.

"혹시 우리 조직의 역사에서 수사 개시권을 경찰에게 내준 총장으로 기록되지 않고 싶어서 그러신 겁니까?"

정곡을 찌르는 권태영의 말에 정무진의 눈가는 파르르 떨렸다.

"걱정하지 마십시오. 수사 개시권을 뺏긴 총장이 아닌 다르게 기억될 수 있도록 제가, 또 우리 중수부가 만들어 드리겠습니다."

한 치의 망설임도 없이 여전히 결연한 표정으로 말해오는 권태영의 말에 정무진은 두 눈을 감고 작게 한숨을 내쉬었다.

「검·경 수사 개시권 문제 두고 대립 시작.」
「서울남부지검, 평검사 회의 개최. 평검사들 수사 개시권 넘겨줄 수 없어.」
「경찰청, 이미 검사의 허락 없이 수사하고 있는 부분 많아…… 사문화된 법안 개정 필요.」

"검찰의 저항이 만만치 않아. 평검사 회의라니? 밑에서부터 저항하겠다는 거 아닌가?"

읽던 신문을 내려놓은 경찰청장은 정보국장 신정민을 바라보며 입을 열었다.

"저들도 아는 겁니다. 이제 이 흐름은 거스를 수 없다는 걸요. 그러니 생떼라도 쓰는 거 아니겠습니까? 서울남부지검 평검사들이 회의했으니 이제 지방의 평검사들이 모여 회의를 하겠군요. 다음은 고검의 간부들이 성명서를 낼 거고요. 그다음은 대검 간부들이 사표를 제출하겠죠."

경찰청 정보국장 신정민은 마치 검찰이란 조직에 대해 자신보다 더 잘 아는 사람은 없다는 듯 말했다.

그의 말을 듣던 경찰청장은 피식 웃음을 터뜨렸다. 정보국장으로 신정민을 임명한 이유도 그 때문이었다.

해묵은 검찰과의 수사권 조정 대립을 끝낼 수 있는 이론가는 경찰 내에 신정민밖에 없었으니 말이다.

"검찰은 지금 수사 개시권을 내줄 수 없다며 목을 매달고 있습니다만, 중요한 건 검찰청 법의 삭제가 아니겠습니까?"

"그래. 우리에겐 가시 같았던 검사의 명령에 복종하여야 한다는 그 조항이 삭제된다는 게 나도 제일 좋아."

"그렇습니다. 그 조항이 삭제된다면 사실상 검찰의 지휘권도 유명무실해지는 것이니 이번 검경 수사권 조정의 핵심입니다."

신정민의 말에 경찰청장은 만족스럽다는 듯 고개를 끄덕였다.

"그래서 우리도 저들의 장단에 맞춰 대외적으로는 수사개시권을 초점으로 인터뷰, 보도 자료를 뿌리는 중이고요."

"하하하, 그래. 검찰 기조부장의 인터뷰를 보니 수사 개시권에만 목을 매고 있더군."

"지금 검찰 내부에는 이론가가 없습니다. 이론가들을 다 내쫓고는 그런 인물을 기획통이랍시고 앉혀뒀으니 그러는 거지요."

"자네같이 말인가?"

경찰청장의 물음에 신정민의 눈이 잠깐 흔들렸지만 내색하지 않고는 고개를 끄덕였다.

"그나저나, 이번 검경 협의회 검찰 쪽 명단 확보했나?"

"네, 여기 있습니다."

경찰청장의 물음에 신정민은 옆구리에 끼고 있던 파일을 건넸고, 경찰청장은 서류를 읽어 내려가다 고개를 갸웃했다.

"대검 중수부장 권태영? 중수부장이 검경 협의회에 낄 일이 뭐가 있나?"

"보나 마나 뻔합니다. 힘으로 우리를 굴복시키겠다는 거지요."

"하하하, 요즘 검찰이 하는 짓을 보면 아직도 구시대의 논리만 따르고 있으니 참으로 딱해."

"그 덕분에 우리가 편한 거 아니겠습니까? 저들이 과거에 갇혀 있으니, 우리는 더 세련되게 나가면 될 일입니다."

"그래, 내 이번 수사권 조정 일은 자네만 믿겠네."

경찰청장의 말에 신정민은 고개를 숙이며 큰 소리로 대답했다.

"감사합니다. 청장님께서 저를 믿고 중용해 주신 만큼 수사 개시권과 지휘권, 두 가지 다 얻어 오도록 하겠습니다."

신정민의 확답에 경찰청장은 만족스러운지 껄껄 웃으며 손뼉을 쳤다.

한편, 정무진을 설득하고 돌아온 중수부장 권태영은 진우를 불러 독대를 하고 있었다.

"현진우."

"네, 부장님."

상석에 앉은 권태영은 무언가 확신에 들지 않는 표정으로 진우를 향해 입을 열었다.

"네가 말한 대로 총장을 설득했고, 검경 수사권 조정 협의회에 너와 나 두 자리 확보하고 왔다."

진우는 이번 수사권 조정 정국에서 중수부가 취해야 할 자세에 대해 권태영을 설득한 참이었다.

하지만 권태영은 아직도 무언가 미련이 남은 표정이었다.

"네 말을 듣고 홀리듯 총장을 설득하긴 했지만, 이거 맞는 거야?"

권태영은 마음이 심란한지 진우를 바라보며 물었다.

"네가 내게 말한 시대적 흐름이라는 말, 머리로는 이해하고 있어. 그 말로 총장을 설득하기도 했지만, 다른 한편으로는 기조부장이나 총장의 말처럼 수사 개시권을 내주면 다른 것도 내줘야 하는 게 아닐까 하고 걱정도 돼."

"부장님, 말씀드렸듯 수사 개시권은 이미 넘어갔습니다. 우리가 막으려 하면 할수록 우리의 힘을 빼앗고 싶어 하는 자들은 경찰의 손에 더한 걸 쥐여주려고 할 겁니다."

진우는 이미 설득을 끝마쳤다고 생각했지만, 여전히 흔들리는 권태영을 바라보았다.

"국회 사개특위는 이미 수사 개시권을 경찰에게 주기로 마음먹었고, 더 나아가 경찰의 자율성을 보장한다는 이유로 검사의 명령을 받는다는 검찰청법까지 개정하고 나섰습니다."

"그러니 더더욱 힘으로 찍어 눌러야 하지 않겠어?"

직접 나서서 정무진 총장을 설득하고 돌아온 권태영이 이렇게 나오는 이유를 진우는 알고 있었다. 확신이 필요한 것이다.

상대를 힘으로 찍어 누를 수 있는 권력을 가진 사람이 힘이 아닌 다른 수단을 선택했으니 저런 의문을 가지는 것도 당연했다.

"그러니 지금까지 우리가 해왔던 방식을 사용하는 게 맞지 않느냐 이 말이야. 우리를 찍어 누르려는 힘에는 더더욱 강한 저항으로……."

"굉장히 건방진 말이라고 생각하시겠지만…… 그런 방식을 고수한 것이 우리의 힘을 빼앗기게 했을지도 모르겠습니다."

"……."

"물론 전직 경찰청장의 비위를 더 판다던가 그런 식으로 경찰의 이미지를 깎아내릴 수는 있습니다. 하지만 여론은 경찰을 욕하면서도 의심을 가질 겁니다. 왜 하필 지금 타이밍에? 아! 검찰은 늘 저런 식이었지. 묻어둔 사건들 한둘씩 터뜨리면서 상대를 억압하고 깎아내렸지! 경찰도 나쁜 놈들이지만 검찰은 더 나쁜 놈들이야! 힘을 빼앗아야 해."

권태영은 진우의 말에 어떠한 반박도 할 수 없었다. 진우의 말에 마치 벌거벗은 것과 같은 수치심이 올라왔기 때문이다.

"저도 검사입니다. 부장님과 같이, 아니, 다른 검사들과 똑같이 단체로 사표를 던지고 더더욱 세게 압박을 하는 게 좋지 않을까? 생각했던 적 있습니다. 하지만 그렇게 된다면 다 빼앗겼을 때…… 모든 걸 내줘야 할 때, 조직을 누가 지킬까요?"

"나보고 그 조직을 지키는 사람이 되란 말인가? 왜 하필 나야?"

"제 상관이시니까요. 적어도 저는 제 상관이 남들과는

다르게 합리적인 인물로 비치길 바랄 뿐입니다."

"합리적 인물?"

권태영의 물음에 진우는 고개를 끄덕이며 입을 열기 시작했다.

"만약 정권이 바뀌고 또다시 검찰 개혁을 해야겠다고 마음먹으면 그때, 검찰에서 합리적인 인물을 찾아 총장에 앉히게 될 겁니다."

"그렇지······. 보통 그런 일을 할 때는 우리 조직 내에서도 말이 통하는 사람을 찾으니까."

"그때 정치권에서 검찰 내의 합리적 인물로 부장님을 생각할 수 있도록 만드는 과정입니다. 지금의 정국은 말입니다."

진우의 말에 권태영은 놀란 표정을 지었다.

"그럼 지금 뒤로 빠져서 출구전략을 만드는 것 자체가 나를 합리적인 인물로 만들기 위한 거다?"

"네. 어차피 수사 개시권은 이미 넘어간 것으로 보고 있다면, 우리는 다음 것을 지켜야 합니다. 그럴 때 정말로 어영부영 다 내줄 인물보다는 지금 합리적 인물로 포장된 부장님께서 총장 자리에 앉는다면······."

진우는 이미 모든 흐름이 경찰에게 넘어간 정국에서 권태영이 저들에게 합리적 인물로 비치길 원했다.

그렇다면 정치권에서는 중요한 일이 있을 때마다 권태

영을 찾을 테고, 자신을 높은 곳까지 이끌어줄 권태영은 더더욱 높은 자리까지 올라갈 수 있다고 생각하고 대응책을 준비했다.

"그때 가서는 지금과는 다르게 행동해도 된다?"

"네. 정점에 올라선 이후는 부장님께서 말씀하신 대로 힘으로 상대를 찍어 누르든, 겁박하든 상관없습니다. 지금 우리가 취해야 할 자세는 개시권은 내줄 수밖에 없더라도 그다음을 내주지 않게 대비해야 합니다."

진우의 말에 권태영은 드디어 모든 고민이 사라진 듯 고개를 끄덕였다.

"그래. 지금 상황이 네 말대로라면, 개시권을 지키는 데 앞장선다고 해도 나에게 돌아올 이득은 없어 보이는군."

"그렇습니다. 설령 개시권을 지켜내는 데 앞장서서 지켜냈다 하더라도 이득이 없습니다. 그저 현행 유지일 뿐이니까요."

"그렇지, 좋아. 네 말대로 하도록 하지. 그 행동이 나에게 더 큰 이득으로 돌아온다면 말이야."

권태영은 진우의 말이 흡족한 듯 고개를 끄덕이며 미소를 지었다.

"그럼 이제 내가 해야 할 건 뭐지?"

"형사소송법 제196조 1항을 지키셔야 합니다."

진우의 말에 권태영은 놀란 표정을 지었다.

"그 항이 지금 개정되는 수사 개시권의 주체가 아닌가? 개시권을 내주라면서 그 항을 지키라니?"

권태영의 물음에 진우는 알 듯 모를 듯한 미소를 권태영을 향해 지어 보였다.

일주일 후, 진우는 권태영과 함께 검경 수사권 조정 협의회가 열리는 국회 본관 내부를 걷고 있었다.

"오늘 회의에서는 나는 가만히 듣고만 있으면 되지 않겠어?"

"네. 아마 말할 기회도 별로 없지 않을까 생각하고 있습니다."

"그래, 그건 나도 동의한다. 아무래도 기조부장이 대놓고 떠들겠지."

"그렇습니다. 물밑으로 접촉할 방법을 찾으셔야 할 거 같습니다."

"경찰과 말이야?"

"아뇨. 경찰과 우리는 직접적인 협상이 불가능한 상황입니다. 저들도 우리 쪽이랑은 얘기를 나누려 하지 않을 거고요. 이번 협의회에서 중재자 역할을 맡은 박준석 법사위 위원장과······."

"아, 그래. 그분은 사시 선배이시기도 하니 말이 잘 통하겠네."

진우의 말에 권태영은 같은 생각이라는 듯 고개를 끄덕이며 걸음을 옮겼다.

"그나저나, 너 똑똑한 놈인 건 알았다만, 이런 수사권 이론까지 꿰차고 있을지는……."

권태영은 말을 하며 옆을 돌아보았는데 자신의 옆에 있어야 할 진우가 보이지 않았다.

뒤를 돌아보니 진우가 어느 한 곳을 유심히 바라보고 있는 것이 보여, 권태영은 진우의 시선이 향한 곳으로 고개를 돌렸다.

그곳에는 국회의원으로 보이는 여러 사람이 걸어 나오고 있었는데, 권태영은 고개를 갸웃하며 진우를 향해 다가가 입을 열었다.

"뭐 해? 아는 사람이야?"

한참 어딘가를 굳은 표정으로 바라보던 진우는 권태영의 목소리가 들리자 미소를 지으며 권태영을 향해 입을 열었다.

"아뇨. 어디서 뵌 분 같은데 누구신지 생각하느라……."

"하하하, 국회의원이니 당연히 어디서 봤겠지. 자유민주당 송백준 의원이야."

"아, 맞는 거 같습니다. 뉴스에서 여러 번 봤던 거 같네요. 그래서 낯이 익었나 봅니다."

"그래, 요즘 좀 뜨고 있다고 해야 하나? 자, 이럴 시간이 없어. 빨리 움직이지."

"네, 알겠습니다."

권태영이 그렇게 말하며 앞장서서 걷자 진우는 작게 한숨을 내쉬며 다시 뒤를 돌아보았다.

'송백준, 조금만 기다려라. 수단과 방법을 가리지 않고 더 올라갈 테니.'

송백준과 마주친 진우는 다시 한번 이번 삶의 목표를 상기했다.

'머지않아 다시 만나겠지.'

진우는 주변 인물들에게 큰 소리로 떠들며 걸어가는 송백준을 바라보며 다시 마음을 다잡고는 발걸음을 옮겼다.

"권 부장까지 나설 필요가 있나?"

진우와 권태영이 검경 수사권 조정 협의회가 열리는 회의장으로 들어서자 기조부장이 다가와 의문스럽다는 듯 입을 열었다.

"선배님, 안녕하십니까?"

권태영의 인사에 진우도 같이 고개를 숙였고, 기조부장

은 인사 대신 다시 한번 물었다.

"내 총장님 명이라 두 자리를 마련하긴 했다만서도……. 옆에 있는 이 친구는 누군가?"

"저희 쪽에서 키우는 유망주입니다."

"유망주? 권 부장, 여기가 지금 특수 쪽 유망주 키우자고 모인 자리인 줄 아나?"

기조부장은 어이가 없다는 듯 권태영을 향해 입을 열었다.

"하하, 설마요. 걱정하지 마십시오. 우리 쪽 협상단의 대표는 선배님이란 것 저도 잘 알고 있습니다. 조용히 얘기만 듣겠습니다."

권태영은 기조부장이 자신을 향해 날을 세우는 이유를 알겠다는 듯 웃으며 얘기했고, 기조부장은 헛기침하며 권태영을 바라보았다.

"크, 크흠. 거 권 부장이 그렇게 말해주니, 내 더는 걱정을 안 하겠지만…… 만에 하나……."

"하하, 걱정 붙들어 매십시오! 만에 하나라도 제가 이 자리에서 먼저 나서는 일은 없을 겁니다."

권태영의 말에 기조부장은 만족스럽다는 듯 고개를 끄덕이며 자리에 앉았다.

진우와 권태영은 제일 말석으로 가서 자리했는데, 자리에 앉자마자 권태영은 진우를 향해 속삭이듯 입을 열었다.

"저 양반 성격 원래 저러니 기분 나빠도 참아."

"괜찮습니다."

"그래. 너도 겪어보면 알겠지만, 기획통이 우리 특수나 공안에 비하면 활약할 기회가 적다 보니 자신들이 활약을 해야 하는 시점에서는 저렇게 날카로워지는 게 대부분이야."

기획통은 특수부, 공안, 형사부완 다르게 직접 수사를 하는 일은 하지 않았다.

지금과 같이 수사권 조정이나 입법 또는 검찰총장 청문회에서 말 그대로 이론을 담당하는 검사들이었다.

그러다 보니, 앞에 나서서 스포트라이트를 받을 기회도 적었고, 권태영의 말마따나 이런 기회가 있을 때는 자신의 영역을 빼앗기고 싶어 하지 않았다.

잠깐의 기다림 이후 회의 시각이 다가오자 경찰 대표단이 회의실로 들어섰고, 검찰 쪽 대표단은 자리에서 일어나 서로 인사를 나누었다.

"반갑습니다. 대검찰청 중앙수사부 부장 권태영입니다."

본인의 차례가 되자 권태영은 자신의 앞에 선 경찰 대표단의 단장을 향해 손을 내밀며 인사를 했다.

"반갑습니다. 경찰청 정보국장 신정민입니다. 중수부장님이 협의회엔 어쩐 일이십니까?"

"하하, 그저 머릿수를 채우기 위해 왔을 뿐입니다."

권태영은 신정민의 말에 너스레를 떨 듯 답했고, 신정민 또한 웃으며 살짝 고개를 숙였다.

"안녕하십니까? 대검찰청 중앙수사부 검사 현진우입니다."

진우는 자신의 차례가 오자 신정민을 향해 손을 내밀며 인사를 했다.

하지만 신정민은 진우의 손을 잡지 않고는 헛바람을 삼키며 진우를 바라보았다.

"몇 기냐?"

신정민의 한마디에 회의장에 있는 모두의 시선이 진우와 신정민을 향했다.

"신 국장님, 이게 무슨 짓입니까?"

진우의 옆에 서 있던 권태영은 어이가 없다는 듯 신정민을 바라보았다.

"요즘 평검사들은 사법연수원 기수도 없답니까? 그저 기수를 물어봤을 뿐입니다."

신정민은 그렇게 말하며 진우를 바라보고는 다시 한번 물었다.

"현진우 검사, 연수원 몇 기야?"

"신 국장! 연수원 기수는 우리 검찰 내부에서나 따지는 것이지 외부인께서 이런 식으로 나오시는 것은……."

진우는 소리를 지르는 권태영에게 괜찮다는 듯 손짓을 하고는 신정민에게 고개를 숙였다.

"연수원 37기입니다."

"그래? 나는 연수원 22기야."

신정민은 사법연수원 출신으로 판검사 임용을 포기하고 경찰로 간 인물이었다.

신정민이 그렇게 말하며 손을 내밀자 진우는 웃으며 손을 맞잡았다.

"젊은 친구가 이 자리에 있어서 놀랐어. 선배 좋다는 게 뭐야? 살살 좀 부탁한다."

"네, 알겠습니다."

신정민은 그렇게 인사를 마치고는 자신의 자리로 돌아가 앉았고, 진우는 아직도 자신의 옆에서 신정민을 뚫어져라 바라보고 있는 권태영에게 작은 목소리로 입을 열었다.

"부장님, 기선 제압이 필요하다고 느꼈나 봅니다."

신정민은 경찰이 검찰의 아래에 있다는 분위기부터 전환하고 싶었는지 만만한 진우를 상대로 심리전을 걸어왔다.

"알아. 하지만 네가 고개 숙여 인사한 건 달라."

"부장님, 옆에 계신 분들을 한번 보시죠."

진우의 말에 권태영은 옆을 돌아봤는데 검찰 대표단은 권태영 자신과 똑같이 화가 난 듯 씩씩거리며 신정민을 노려보고 있었다.

"제가 거기서 신 국장에게 대들었다면, 선배님들의 칭찬은 받을 수 있었겠지만, 상황은 달라졌겠지요."

진우는 충분히 신정민의 말을 받아칠 수 있었지만, 그러지 않았다.

"제가 고개를 숙임으로써 경찰 쪽 대표단은 의기양양해졌고, 신 국장의 존재로 인해 마음 한편으로는 우리 검찰을 우습게 여기는 마음도 생기겠죠."

"그게 중요한가?"

"네. 검사들 싸워보니 별일 아니더라, 고개를 빳빳이 쳐들고 있는 젊은 검사를 우리 국장이 나무랐다. 그런 식으로 행동하다 보면 하나둘 허점을 보일 겁니다."

진우의 말에 권태영은 고개를 끄덕였다.

아무래도 기선 제압에 성공한 상대는 마음을 편하게 가지다가 약점을 보일 테니까.

"그리고 우리 내부적으로 경찰을 무시하고 깔보다가 방심하게 될까 봐. 예방주사를 제가 놨다고 생각하시면……."

권태영은 진우를 바라보며 고개를 끄덕였다.

"그래. 나도 이번 일에서 경찰을 꺾어야 할 이유가 하나 더 생겼다는 생각이 드는군. 저 신 국장이라는 놈, 내 앞에 머리를 숙이게 만들고 싶어졌어."

신정민을 보며 이를 가는 권태영의 모습을 보며 진우는 씩 웃음을 지었다.

잠시 후, 이번 회의의 중재자인 국회 법사위원장과 위원들이 들어왔고, 양쪽과 인사를 마친 후 본격적인 회의가 시작되었다.

"반갑습니다. 실무협의회의 중재를 맡은 법사위원장 박준석입니다."

박준석은 그렇게 말하며 양측을 번갈아 보았다.

"먼저 이번 법사위 사개특위에서 협의를 마친 형사소송법과 검찰청법에 대해 말씀드리겠습니다."

박준석이 그렇게 말하자 그의 뒤편에 있는 화면이 켜졌다.

> 형사소송법 제196조 제1항
>
> *현행
>
> 수사관, 경무관, 총경, 경감, 경위는 사법경찰관으로서 검사의 지휘를 받아 수사를 하여야 한다.
>
> *개정안
>
> 1항 수사관, 경무관, 총경, 경감, 경위는 사법경찰관으로서 범죄의 혐의가 있다고 인식하는 때에는 범인, 범죄사실과 증거를 수사하여야 한다.
>
> 2항 사법경찰관은 수사에 대한 검사의 지휘가 있는 때에는 이에 따라야 한다.

> 검찰청법 제53조
>
> *현행

> 사법경찰관리는 범죄 수사에 있어서 소관 검사가 직무상 발한 명령에 복종하여야 한다.
>
> *개정안
> 삭제.

화면에 현행 법안과 개정안이 나오자 검찰 대표단 쪽에서는 탄식이, 경찰 대표단 쪽에서는 만족스러움의 탄성이 흘러나왔다.

"받아들일 수 없습니다!"

기조부장은 자리에서 벌떡 일어나 박준석을 향해 목소리를 높였다.

"저희는 이 자리에 개정안을 통보받으러 온 것이 아닙니다. 제로 베이스에서 다시 시작해야……."

"우리 검찰 대표단장님께서 무언가 설명을 잘못 듣고 오신 듯합니다."

기조부장의 말에 질 수 없다는 듯 경찰대표 신정민은 기조부장을 바라보며 입을 열었다.

"법안의 개정은 여기 계신 법사위원분들의 소관이지 우리의 소관이 아니란 말입니다. 오히려 여기 법사위원장께서 우리를 배려해 이런 자리까지 만들어주셨는데, 그렇게 소리쳐서야 되겠습니까?"

신정민의 말에 중재자로 나선 법사위 국회의원들은 만족스럽다는 듯 고개를 끄덕였다.

"경찰 측의 말씀처럼 우리는 실무자인 검, 경의 말씀을 청취하기 위해 이 자리를 마련한 것입니다. 원점에서 다시 시작하자는 검찰 측의 말씀은 받아들일 수 없습니다. 자리에 앉아서 말씀하시지요."

법사위원장 박준석의 말에 기조부장은 자리에 앉아 두 주먹을 꽉 쥐었다.

"현재 준비한 개정안도 우리 법사위 내 사개특위에서 여러 번 공청회를 열어 이해관계자들의 의견을 청취한 후 결정한 거라는 것을 검찰 측에서도 알아줬으면 합니다."

개정안을 처음부터 다시 논의하자는 기조부장의 의견을 받아들일 수 없다는 박준석의 말에 검찰 측에서는 한숨 소리만이 들려왔다.

"그렇다면 저희는 이 논의에서 빠지겠습니다."

기조부장은 자리에서 일어나 국회의원들과 경찰 측을 바라보며 입을 열었다.

"애당초 이름을 실무협의회로 지으셨으면, 적어도 법안의 시작부터 저희 검찰 측의 얘기도 들어가야 했다고 봅니다. 이런 식의 통보는 저희는 받아들이기 힘듭니다."

기조부장이 일어나 회의실 밖으로 나가 버리자 자리한 국회의원들은 기가 찬다는 듯 혀를 찼다.

"저…… 저!"

기조부장이 나간 후 더 볼 것이 없다는 듯 진우를 포함한 검찰 대표단 또한 자리에서 일어나 회의실 밖으로 발걸음을 옮겼다.

"이 자리에서 적어도 우리 쪽 의견이 들어갈 수 있을 줄 알았건만, 아니었어. 지금부터 모든 대화는 철회한다."

검사들이 회의실 밖으로 나오자 기조부장은 표정을 굳히고는 모두를 향해 입을 열었다.

"동원 가능한 모든 채널을 동원해서 국회를 압박하는 작전으로 가야겠어. 법조 기자들 동원하고 여론전 개시 준비하지."

"네, 알겠습니다."

기조부장이 그렇게 얘기하자 모두 표정을 굳히고는 알겠다고 대답했다.

"선배님, 그럼 저는 국회 내 검찰 선배님들을 뵙고 가겠습니다."

"그래, 인맥이 있으면 다 동원하는 게 좋을 거 같다. 권 부장도 수고하고."

"예, 먼저 들어가십시오. 대검에서 뵙겠습니다."

권태영이 인사를 마친 후, 진우와 권태영을 제외한 모든 사람이 발걸음을 옮기자 권태영은 진우를 바라보았다.

"이제 우리가 움직이기 쉬워졌나?"

"네. 이런 상황이라면······."

진우가 말을 이어나갈 때 회의실에서 경찰 측 인물들이 나왔고, 그들은 진우와 권태영을 힐끗 쳐다보고는 발걸음을 옮겼다.

뒤이어, 법사위 위원들이 나오자 권태영은 법사위원장 박준석을 향해 고개를 숙였다.

"안녕하십니까? 대검찰청 중수부장 권태영입니다."

권태영이 인사하자 박준석은 고개를 갸웃하며 입을 열었다.

"검찰 측은 다 간 거 아닙니까? 우리 중수부장께서는 내게 볼일이 있습니까?"

박준석의 물음에 권태영은 고개를 끄덕이며 박준석을 바라보았다.

"검찰 내부의 강경파가 아닌 온건파의 얘기도 한번 들어보셔야 하지 않겠습니까?"

권태영이 그렇게 말하자 박준석은 놀란 표정으로 권태영을 바라보았다.

To Be Continued